ことのは文庫

神様のお膳

毎日食べたい江戸ごはん　おかわり

タカナシ

M　　　INE

Special Recipes
for my Lord 2

CONTENTS

神様のお膳

毎日食べたい江戸ごはん　おかわり

零　八つ刻《どき》ソーダ

泣きたくなるような美しい景色に気づくのは、いつも、後ろを振り返ったときだった。日々早まる、室内がオレンジ色に染まる時間。アスファルトの熱を攫《さら》うように、帰り道に吹き抜けるひんやりとした風。小学校の校庭に咲くひまわりは、すでにうつむきがちだ。太陽の匂いから、乾いた風の匂いへと変化する。

青い空と、入道雲。生い茂った緑と、地面の影。眩《まぶ》しい夏が生み出したコントラストが少しずつ薄まっていく様に、行かないで、と手を伸べそうになる。

勢いよくやってきて、あっという間に過ぎ去ってしまう夏。夏の終りはいつも、心だけ置き去りにされたような、寂しさが漂う。

楠木璃子《くすのきりこ》が学生時代から暮らす1Kのアパートは、そんな夏の終りそのものかもしれない。乳白色のガラス笠をかぶった味のある照明。フレームの真鍮《しんちゅう》が時を経ていい色になったスタンドミラー。古めいたモノが馴染《なじ》む年季が入った部屋が、ひどくセンチメンタルな気分にさせるのだ。

リサイクルショップで一目惚れした木製の本棚には、漫画や雑誌に紛れて、なかなか目にしないような古文書まで並んでいる。璃子が知り合いから譲り受けた大切な本だ。ただし、この世の本ではない。『七珍万宝料理帖《しっちんまんぽうりょうりりちょう》』、それは幽世《カクリヨ》に伝わる古《いにしえ》のレシピ本。

窓辺で風鈴が鳴った。澄んだ音は軽やかに踊っている。

開け放った窓から、璃子は顔を覗《のぞ》かせた。主張のない顔立ちだが、素朴な可愛らしさがある。背中にかかる黒髪は、手入れが行き届いていた。

「夏の空に秋の雲かな」

高くなった空の薄い雲を眺め、独り言のようにつぶやく。日差しを受けた璃子の額には、玉のような汗がいくつも浮いていた。Tシャツの胸元をパタパタしながら、首に掛けたタオルで汗を拭う。

「この部屋にあるエアコンは稼働しないのか？」

すると、むすっとした表情で胡座《あぐら》をかいた、着流し姿の優男《やさおとこ》が言った。紺色の着物に献《けん》上柄《じょうがら》の紺帯を合わせた身なりもまた、すっきりとしていて風流だった。彼の絹糸のような艶やかな髪は煤色《すすいろ》で、さらに個性的なカットが施《ほどこ》されている。前髪も後ろ髪も真っ直ぐに切り揃えられ、稚児《ちご》のおかっぱのような髪型だ。

多少の違和感はあれども、美しさや神々しさが勝り、油断すると見惚《みと》れてしまいそうになるから要注意かもしれない。

それもそのはず、現実味のないこの男は、人にあらず。正真正銘、神様なのである。東《とう》京《きょう》・日本橋《にほんばし》を長きに渡って見守る土地神兼、不思議なお宿『たまゆら屋』のオーナーで、皆には「伊吹《いぶき》様」と呼ばれていた。

そして、璃子は普通の人間であるが、なぜか神様が見える。さらには公私ともに、このイケメン神様にたいへんお世話になっている。神の御加護にしては、特に信心深いわけでもない璃子なのに、奇妙なことだった。

「なぜ、エアコンが動いていないのだ」

神様の伊吹が言った。

「外の風も気持ちいいかなと」

「蒸し暑い」

伊吹のあけすけな発言に璃子は一瞬言葉を詰まらせ、それから小さく息を吐いた。

「すぐに冷やしますね」

璃子は素直に窓を閉め、リモコンのスイッチを押す。ほどなくして、冷たい風がエアコンの吹出口から流れ出た。

(お客様だから仕方ないか)

節電のために、エアコンの使用は極力減らしているとは言いにくい。また、神様を熱中症にさせるわけにもいかない。神様が暑さで体調を崩すかどうかはともかく、おもてなしの心は忘れていない璃子である。

「喉が渇いたな。腹も減っている」

遠慮がちにぼそりと、伊吹が言った。

「えっ？」

時計の針は午後三時を指し示している。そろそろ小腹が空く、おやつの時間だ。

「だから、喉が渇いたと言っておる。この世でも客に茶くらい出すであろう」

今度は少しばかり恨めしそうに、伊吹は言った。神様とはいえ、喉は渇くしお腹も空く。殊更《ことさら》この神様は、人間味に溢《あふ》れている。

「いきなり来ておいてその言い草……わ、分かりました。少々お待ちください」

相変わらずの伊吹に辟易しながらも、ホッとしている自分がいることに璃子は気づいていた。

(良かった。いつもの調子だ)

体は汗ばんでいるのに、指先が少しだけ冷たい。璃子は両手をぎゅっと握りしめた。

数ヶ月ぶりに会う神様は、やはりぶっきらぼうだった。恥ずかしがり屋ゆえの塩対応だ。少しばかり面倒くさい性格ではあるものの、それも愛嬌《あいきょう》があると親しまれ、慈悲深いと慕われる神様である。

実のところ、璃子も伊吹と同じように照れくさかった。久しぶりに会う相手の前でどんな顔をすればいいのか分からずに、ほんの少し緊張していた。しかしそれも束の間、伊吹のマイペースさのおかげで、以前と同じ空気感になる。

(それにしても)

冷蔵庫を開けたところで、ふと思う。

(伊吹様、何しに来たのかな?)

璃子は、伊吹の経営する宿・お江戸日本橋『たまゆら屋』で〝若女将《わかおかみ》〟として働いていたことがある。『たまゆら屋』とは璃子たち人間が暮らす現世《ウツシヨ》と、神様やあやかしの暮らす幽世、そのふたつの世界の境界である境目《さかいめ》に存在する旅館だ。

つまり璃子は、現実世界とは別の世界で暮らしていたことがあるのだ。

神様である伊吹はウツシヨとカクリヨを行き来することができるが、人間である璃子も、あちらとこちらを往来できるようになってしまった。

実のところ、少しだけ後ろめたく思っていることが、璃子にはある。

(もしかして、あきらめてないのかな?)

――このままずっと、『たまゆら屋』の若女将として働くがよい。

伊吹から境目に留まるよう引き止められたが、現実世界で憧れのホテルに採用され、迷った挙げ句、璃子はもとの世界にいったん戻ることにした。『たまゆら屋』の仕事はやりがいがあり、良い仲間にも恵まれ名残惜しくあったけれど。

しかし璃子はまだ、就活に失敗し派遣切りに遭った現実世界で、社会人として何もやり遂げていない。

（やっぱり正社員になりたいし）

今はまだ、契約社員という身分だ。

できるならば、成長した自分を見てもらいたい。伊吹や、『たまゆら屋』の仲間に甘えてばかりの自分ではいられないと、自分を奮い立たせていた。

「一人でも頑張れる」

決意を固めるようにその言葉を口にする。

璃子の手元には銀色のボウル。

考え事をしながらも、せっせと手は白玉粉を捏《こ》ねていた。これから、お得意の白玉団子を作るつもりだ。白玉は耳たぶの硬さくらいが丁度いい。捏ね上がったところで三つに分けて、そのうちふたつにはそれぞれにかき氷の赤と青のシロップを混ぜ、色付けした。

ぐつぐつと沸騰《ふっとう》した湯の中に、丸めた団子をぽとんと落としていく。沈んだ団子はやがてぷくぷくと浮かび上がってきた。お団子作りは手慣れたものである。

網杓子《あみじゃくし》で団子を掬《すく》い、冷水に取る。白、ピンク、水色の、三色白玉ができあがった。

もちもちつるんとした白玉団子に、思わず頬が緩《ゆる》む。

「美味《おい》しそう」

ぽってりと丸みを帯びたロックグラスに白玉団子を入れ、ソーダ水を注ぎ、バニラアイスを載せる。爽やかな『カラフル白玉クリームソーダ』の出来上がりだ。

江戸時代、白玉は砂糖をかけたり汁粉に入れたりして食されていた。また夏場には、白玉入りの冷や水が売られていたようだ。そこからヒントを得て、ソーダ水に白玉を入れてみたところ、かわいいスイーツが出来上がった。

きっと伊吹にも馴染みがあるはずに違いない。『七珍万宝料理帖』に描かれた冷や水売りを思い浮かべ、璃子は微笑《ほほえ》む。

これで伊吹の喉も潤い、お腹も満たせるだろう。

そこで璃子は我に返る。さも当然のように、神様からお供え物を要求されているこの状況はなんなのだ。さっきは遠慮したものの、やはり一度ははっきり言っておくべきかもしれない。

「いきなりやってきてお腹空いたって、わたしを何だと思って」

「嫁だと思っておる」

「ひゃぁ！」

背後からぬっと顔を出した伊吹に、璃子は飛び上がりそうなほど驚いた。神様という存在は人間と違い、自由自在に気配を消せるようだ。

「びっくりさせないでくださいっ」

「なかなか茶が出て来ぬのでな」

伊吹は懐手《ふところで》をして、エラそうな態度で背を反らしていた。

「嫁がお茶を出す時代は、とっくに終わってますよ」

「そ、そうなのか」

「とにかく、すぐにお持ちしますから、あっちに行っててください」

渋々と下がる伊吹を横目に、璃子は『白玉クリームソーダ』のグラス、ストロー、スプーンをトレイに載せた。

（あれ、わたし、まだ嫁続行中なんだ？）

嘘か誠か、境目の『たまゆら屋』では、若女将業を代々経営者の奥様が務めるというならわしがあるそうだ。

とにかくそう言われた璃子は、伊吹の名目上の妻となり宿の仕事を得た。そのときは、お金が底をつき、藁《わら》にもすがる思いだったのだ。とはいえ、それは別世界での話。しかも、すでに無効である。

（契約書は燃やされたはずだし）

色々あって一度は契約を反故《ほご》にした伊吹であるが、どうにも璃子に未練があるようだ。

璃子のほうは、どうせ神様のお戯《たわむ》れだろうと、本気にはしていない。

璃子は狭いキッチンから部屋へと移動すると、素朴なちゃぶ台にトレイを置いた。

「どうぞ、召し上がってください」

難しい顔をしたままの伊吹へとそっと差し出す。

「うむ。いただこう」

伊吹はしばし、グラスを上から覗いたり、側面から見たり、不審そうにしていたが、やがてストローを差してソーダを吸った。

「白玉入りのクリームソーダです」

璃子はにやにやしそうになるのを耐えていた。きっと、伊吹からお褒《ほ》めの言葉をいただけるだろう。ぷっくりした白玉が口に含まれるのを見つめながら、その瞬間を待ち構える。

「悪くはない」

「えっ？」

璃子は目を見開いたまま固まる。

いつもなら「美味《うま》い」の一言が出るはずだ。伊吹は璃子の料理をたいへん気に入っており、これまではべた褒めしてくれていたのだ。

（あれ？　「美味い」って言うよね？）

期待いっぱいの目で訴えるが。

「何だ？」

眉間に皺《しわ》を寄せ、伊吹が怪訝《けげん》な顔をする。

「いえ、何でもありません」

どうやら伊吹に璃子の思いは伝わらなかったようだ。自信作だったのに、と少しばかりがっかりしてしまう璃子だった。

「ところで、璃子の神は私だけか？」

唐突に、深刻な表情で伊吹が問いかけてくる。璃子は訳が分からずポカンとした。

「璃子の神は、私だけかと聞いておる」

「はっ？」

「この部屋に、他にも神がいるんじゃないだろうな？」

「い、いませんよ！」

まるで恋人から浮気を疑われ責められているような状況に、璃子はドキドキしてしまう。

(他にも神がいるって、何を根拠に？)

璃子がいつも心に思う神様は伊吹だけだ。それでも伊吹のじっとりとした目は、猜疑心《さいぎしん》に満ちていた。

「この家には貧乏神が住み着いておるとしか思えぬが」

「貧乏神？　冗談言わないでください」

伊吹が突拍子《とっぴょうし》もないことを言うので、思わず噴き出しそうになり、璃子は口元をタオルで押さえた。

「貧乏神でなければ何なのだ？」

すると伊吹は、璃子のお気に入りのスタンドミラーを指差して言った。

「錆《さ》びた鏡といい」

「アンティーク風加工です」

璃子が平然として答えると、次に伊吹は天井を指差す。

「裸電球といい」

「あえてそうしているんです」

それから伊吹は、何かをつまんで持ち上げた。

「穴の空いた靴下といい」

「きゃあ！　勝手に洗濯物見ないでっ！」

璃子は慌てて伊吹の手から靴下を奪い返した。

靴下に穴が空いているのには気づいていたが、あと一回だけ履いて、捨てるつもりだったのだ。恥ずかしさで、璃子の額に汗がさらに滲む。

「どうせまたお金に困っておるのだろう。東京は物価が高いらしいからな。やせ我慢せず、衣食住が揃い福利厚生が抜群の、我が『たまゆら屋』に戻ってくればよい。こちらは、いつでもウェルカムだ」

「いつでもウェルカムって……確かにお金はたいしてありませんが、なんとかやってます。私にも私の生活があるんです」

「夫婦としての生活はどうするつもりだ？　そう言えばまだ盃《さかずき》も交わしておらぬな」

「夫婦じゃありません！」

顔を真っ赤にして興奮する璃子に、鉄拳でも飛んでくるのではないかと思ったのか、伊吹は咄嗟《とっさ》に身構えた。

二人のちぐはぐな空気を嘲《あざけ》るように、突如として窓の外から聞こえてくるのは蝉《せみ》しぐれ。身の安全を確保したところで、伊吹は着物の襟を正した。

「遠慮せずともよい。一度は結ばれた縁であるし、神は寛容だ。それに、若女将業は天職だ、神様のお膳を準備するのはわたしの喜びだ、と寝言で言っておったではないか」

「そんなこと言った覚えありません！　ていうか、わたしの寝言、聞いてたんですか!?」

「恥ずかしがることはない。夫婦なのだから」

「だから、もう夫婦じゃありませんってば！　離縁しましたっ」

璃子は、勢い余って、バン、とちゃぶ台を叩《たた》きつけてしまう。

「と、ともかく璃子よ、落ち着くのだ」

焦った伊吹はグラスが倒れないよう両手で包んだ。璃子はその様子に、我に返る。

(そうだ……この方は神様なんだ)

うっかり熱くなってしまったことを反省し、心を鎮めるべく深呼吸した。

(夫婦の定義だって人間とは違うのかもしれないし)

しかし、双方に認識のズレがあるのなら正しておかねばならないだろう。仕事は仕事、プライベートはプライベート、本来ならばそれが璃子にとっても常識なのである。

ぴん、と璃子は背筋を正した。

「誤解なきよう、はっきり申し上げます。わたしは、プライベートで伊吹様と夫婦をするつもりはありません。だから、勝手に洗濯物に触れたり、こっそり寝言を聞いたり、そういった嫁扱いはご遠慮ください」

伊吹は、長いまつ毛を揺らし、何度も瞬きをする。動揺しているのは明らかだった。

「で、では、若女将の仕事はどうするつもりだ」

「別の人を探してください。わたしにも事情があるんです。まだ契約社員とはいえ、ホテルの仕事のほうもずいぶん任されるようになってきたところです。頑張らなくちゃ」

「ウツシヨのホテルも同じ『たまゆら屋』、我らの宿とは裏と表の関係だ。気にせず、境目に戻り若女将として働くがよい」

日本橋の『たまゆら屋』はふたつある。

ひとつは、あの世とこの世の境目にあるお宿『お江戸日本橋たまゆら屋』。

もうひとつは、ウツシヨ、つまりこの世のホテル『よろづリゾートたまゆら屋』。

そして、この度璃子が契約社員として採用された、ウツシヨの『よろづリゾートたまゆら屋』は、境目のお宿のフランチャイズホテルなのである。

伊吹が境目のお宿のオーナーで神様だけれども、ウツシヨのホテルの人事にまでは口を出せないようで、璃子自らが異動、あるいは出向の願いを出すようにと説得するのだった。

諭すように、それでいて哀願するように、

「さあ、心を決めよ」

伊吹は璃子のそばへとにじり寄った。

「だから、こっちで働きますってば」

「私はともかく、皆が待っておる」

「もちろん、休日には遊びに行きます」

「若女将として璃子に戻ってもらわねば困るのだ。そう言えば、心が通じ合った我らは触れあっても良いのだったな」

嬉しそうな表情で、伊吹は逃れようとする璃子の手を取った。さらに、ぎゅうっと強めに握ってくる。

「わっ！」

心が通じ合った気がしたときもあったものの、今はどうにもすれ違っているようだ。しかし、伊吹はおかまいなしだ。

「私が出雲《いずも》に出かける間、璃子に『たまゆら屋』を任せたい。璃子の処遇については、よろづリゾートも理解を示すであろう。そなたは、特別なのだ」

手を握りしめられたうえ端整な顔に見つめられ、どうにもできずに璃子は顔を赤らめる。

頭では、相手が神様だと理解しているはずなのに、なぜか脈拍が上がっていく。伊吹と一緒にいると、温かだったり、穏やかだったり、そうかと思えば不思議と切ないような気持ちにもなる。

胸の当たりが熱を帯び、ときにはズキッとするのに、それも一瞬。やがて痛みはすうっとひいていった。あらゆる感情が、静かに生まれてはやがて消えていく。

どうしてそんな気持ちになるのか、璃子にもよく分からなかった。

(これは、魂の交信みたいなもの)

神様を人間の異性のように感じるなんてめっそうもない。しかも相手は、見た目はイケメンとはいえ、願い事を叶えるたびに自ら賽銭《さいせん》を要求してくるという、商人気質《かたぎ》なプロ神様である。手を握りあったくらいでときめくなんてありえない。

「伊吹様、そろそろ手を離してください」

璃子は冷静に告げた。

「どうした、璃子。ひどく脈が乱れておるぞ」

難しい顔で伊吹が答える。

「だ、大丈夫ですって！」

しかし、伊吹はなかなか手を離そうとはしなかった。

そこでけたたましくインターホンが鳴る。ドンドンとドアをノックする音も聞こえた。

「誰か来たみたいなので」

璃子は立ち上がろうとするが、伊吹が手を離さないため動けない。

「放っておけばよい」

しれっと伊吹はそんなことを言う。

「いい加減に離し……」

伊吹から目を反らしたところで、急に背筋が冷えてきた。しかもあっという間に、震えあがりそうなほどキンと冷たくなる。エアコンの温度設定を間違えたのかと思ったが、そうではない。

寒々としているのは体でなく心だった。璃子は不思議な感覚に戸惑ってしまう。

それは、子供の頃、仕事へ向かう母親を見送ったときのような心細さと似ている。

(どうしてこんなに不安になるのだろう)

記憶の奥底に、答えが沈んでいるような気がした。

ここで繋《つな》いだ手を解《ほど》いてしまえば、伊吹に二度と触れることができなくなるのではないか。

（この気持ちの正体は何だろう）

何か大切な事を忘れているようで心許《こころもと》なく、必死で記憶を探るものの、一向に頭の中に映像は見えない。ただ心が冷えていくだけだった。

そこで再び蝉しぐれ——、さらにインターホンが連打され我に返る。ドアをノックする音は次第に大きくなっていくし、ガチャガチャとノブまで回される始末だ。

「誰だか分からないけど、しつこすぎ」

寒気も忘れ、いつも通りの璃子になる。

「あの、やっぱり、玄関を見てきます。ご近所迷惑ですし」

「放っておけばよいのだ」

「で、でも……うわっ」

唐突に、室内に白い閃光《せんこう》が走った。璃子は驚いて目を瞬《しばたた》かせる。

気づけば、頭上に淡いふたつの光の玉が浮かんでいた。光の玉はしばらくふわふわと浮遊し、再び強い光を放って弾《はじ》ける。中から飛び出したのは、ふさふさのしっぽを持った二匹のキツネだ。

『伊吹様、嫌がる女子《おなご》に何をなさっているのです！』

白キツネが厳しい口調で言った。

『本日は午後五時から神社の仕事が入っておりますが』

　黒キツネは淡々と言った。

「ビャクさんとトコヤミさん？」

　霊力を備えた二匹のキツネは伊吹の眷属《けんぞく》で、璃子の友人だ。今はキツネの姿をしているが、人形に変化することもできる。また、境目の『たまゆら屋』で働くスタッフでもある。

「ほうら見ろ。放っておいても、こやつらは勝手に入ってくるのだ」

　やっと璃子の手を離すと、伊吹は不機嫌そうに言った。そこで、伊吹の異変に気づき、璃子は叫んだ。

「伊吹様、透けてますよ！」

　半透明になった伊吹の体から、部屋の壁紙が透けて見えている。

「そろそろ、時間だな」

　そう言った伊吹の顔の前で、もふもふの白いしっぽがぶんぶんと揺れていた。

『わあ、クリームソーダ美味しそう！　色付き白玉もかわいい！　食べたい！』

　食いしん坊の白キツネ、ビャクが、ちゃぶ台の『カラフル白玉クリームソーダ』を目ざとく見つけて騒ぎ出した。

「待て、神の供物であるぞ」

『お取り込み中のようですから、残りは私がいただきま』

「こら、罰当たり者！」

伊吹は消えかかった肉体を再びくっきり現すと、目を三角にしてグラスを持ち上げ、ビャクから遠ざけようとする。

クリームソーダを巡って揉《も》めはじめる伊吹とビャクに、璃子は苦笑した。

『伊吹様、子供じみたことはおやめください。それからビャクも慎むように』

しっかりものの黒キツネ、トコヤミが、諫《いさ》めるように言った。

『お腹空いた〜璃子さぁん』

ビャクが甘えたような声を出す。

そこで、はいはい、と璃子は立ち上がった。

「皆さんのぶんもありますから、どうぞ席について待っていてくださいね」

少々呆《あき》れつつも、久しぶりのにぎやかな感じが嬉しくもあり、表情は自然と綻ぶ。

(みんなでおやつにしますか)

西日が差し込み、床にはくっきりと窓のカタチが映し出されていた。その上を行く璃子の足取りは楽しげだ。

だけど、璃子は知らない。

何気ない今日の日。夏の輪郭のような光と影の境界線。透明なグラスとソーダ水の泡。

束の間の輝きが、いずれかけがえのない思い出の風景となるのを、まだ、璃子は知らない。

なぜなら。

泣きたくなるような美しい景色に気づくのは、いつも、過去を振り返ったときだからだ。

壱　のどかキッチン

お品書き

空蟬《うつせみ》の膳

●食前酒
甘酒のグレープフルーツジュース割り
●前菜
いわし缶詰かびたん漬け
●焼物
焼きエリンギ
●揚物
フライド野菜スティック

●丼

天丼もどき

神様が営む不思議なお宿『たまゆら屋』とは似て非なる、もうひとつの『たまゆら屋』が、この世には存在する。

ふたつの宿は時空を超えて同じ場所にあり、外観も内装もほぼ一緒。

何の因果か璃子は、このふたつの宿を行き来できるようになってしまった。しかし、璃子だけではない。

あちらとこちらを行き来する者たちの間には、執着しない、詮索《せんさく》しない、という暗黙のルールがある。

当人同士であっても多くを語らないため、おおっぴらに知られてはいないが、ウツシヨの『たまゆら屋』で働く従業員の中にも、そして街の中にも、境目を訪ねられる人間が紛れているらしい。

日本橋室町《むろまち》の一角に聳《そび》える、黒い外壁に江戸小紋《えどこもん》の青海波《せいがいは》があしらわれた、現代的ながら風情のあるビル。ここが、ホテル形態の都心型日本旅館『よろづリゾートたまゆら屋』

だ。

訪れた客は、まずエントランスで靴を脱ぎ、下駄箱にしまう。和風旅館を模したシステムだ。それから畳敷きの廊下を進んでエレベーターに乗り込み、二階のフロントロビーを目指す。

ロビーに出れば、落ち着いた天然木の床や和紙の壁が、自宅に戻ったような心地よさを与えてくれる。

温かみのある木製のペンダントライトが下がったフロントロビーには、お香が微かに漂っていた。甘い香りは馴染みのある白檀《びゃくだん》である。

壁際の格子の向こうには、揺れる竹林の影。椅子にはい草の座布団が敷かれている。ここまでくれば、すっかり趣ある和の世界へと引き込まれているだろう。

黒大理石のフロントは、シンプルながら厳《おごそ》かで、旅館の格式の高さをうかがわせる。そこに、フロントクラークをする璃子の姿があった。

ユニフォームは、お祭りの衣装をシックにしたような、紺色無地の襟付き鯉口《こいくち》シャツ。個性的であるが、和の雰囲気と馴染んでいた。

また、ユニフォームを纏《まと》い、長い髪をひとつにまとめ、控えめながらもメイクをした璃子は、一人前のホテリエに見えた。

とはいえ、まだ新人の璃子の後方では、先輩ホテリエ烏川護《うかわまもる》が見守るようにして様子を窺っている。烏川は璃子より五歳上の男性社員で、涼し気な顔立ちの清潔感ある青年だ。接客業にふさわしい落ち着いた印象だった。

ロビーは静かだ。チェックアウトを済ませたばかりの高齢の男性客が一人、フロント近くの腰掛けに座っているだけで、他に客はいない。

（境目はにぎやかだろうな）

フロントに立つと、境目の『たまゆら屋』で働く仲間たちがそばにいるような気がして、璃子はいつも心強く感じる。

時空を超えて『たまゆら屋』が重なっているせいかもしれない。あちらの世界からウツシヨの『たまゆら屋』を覗くことができるのも、璃子は知っている。

（もしかして、本当にそばにいたりして？）

璃子は、白キツネ・ビャクの気配を探る。ビャクは璃子の大切な友人だ。食いしん坊で短気なところもあるけれど、思いやりのあるかわいらしいあやかしである。

「楠木さん、ぼんやりしないでください。お客様ですよ」

背後から烏川に囁《ささや》かれ、びくりとした。

「あっ」

顔を上げた璃子は、ダルメシアン柄の真紅のワンピースを着た女性が正面に立っているのに気づき、一瞬怯《ひる》む。派手な服装と、いかにも高級そうなアクセサリーやバッグに、圧倒されたからだ。

ただし、ハイブランドに疎《うと》い璃子には、それらの価値はよく分からない。

女性は、おもむろに黒いつば広ハットとサングラスを取る。明るいブラウンのロングヘアがふわりと舞った。耳元にはキラキラとラメが輝くアクセサリー。個性的なアイテムたちが、突如として調和した。

(……綺麗《きれい》)

璃子は息を呑《の》む。

主張の強いアイテムが、より彼女を美しく見せているのだと分かった。

美しいのは、はっきりとした目鼻立ちだけではない。醸し出す雰囲気がなんとも蠱惑《こわく》的である。

「おっ、お帰りなさいませ……!」

緊張で声を上ずらせる璃子に、「いらっしゃいませ、です」と烏川が小声で注意した。

「失礼いたしました。いらっしゃいませ、お客様。『たまゆら屋』へ、ようこそ」

心を落ち着けて、璃子は笑顔を作る。

「チェックイン、お願い」

女性はカウンターに帽子とサングラスを置いた。

「それでは、こちらのカードにご記入くださいませ」

璃子はレジストレーションカードとペンを取り出した。宿泊者には氏名や住所等を記入してもらうのが決まりだ。

「面倒くさい」

「えっ……」

「書くの、面倒だって言ってるの。予約するときに入力した情報があるでしょ？」

「あっ、あの、それは」

璃子が戸惑《とまど》っていると、烏川が「お客様、私が」と一歩前に出た。

「いいえ、結構よ。あなたは下がっていて」

女性は璃子を睨《にら》みつけるようにする。

「旅行客は疲れているのよ？　無意味なことに手間を取らせないで」

璃子は女性の言葉を受けて、表情を引き締めた。

「お疲れのところ申し訳ございません。宿泊者カードへのご記入は、旅館業法に基づいたお願いとなっております。ホテルにて感染症が発生した場合、感染経路を追跡するために定められた法律です。その他、災害時の安否確認や、事件が起こった場合は警察へ情報開示することもございます。お客様のほうでご記入が難しい場合は、わたくしが代筆することもできますが、いかがいたしましょうか？」

「もっとゆっくり、はっきりと」

「えっ……は、はい。宿泊者カードへのご記入ですが」

女性はにやりとして、「もう、いいわ」とペンを取り、カードに記入をはじめた。璃子はその様子にホッとする。

女性は、神田穂華《かんだほのか》と氏名を記した。全ての記入を終えると、璃子に訊ねる。

「あなた、お名前は？」

「楠木と申します」

「じゃあ、楠木さん。私がこのホテルに滞在する間、あなたを私の担当に任命します」

穂華は断固とした口調で告げた。担当に任命、と璃子は頭の中で復唱するが、どうにも意味が分からない。

そこで烏川がちらちらと視線を送ってきているのに気づき、また注意されてはならないと少し焦る。

「あ、あの、担当と言われましても、客室係が別にいますので」

戸惑いつつも、璃子は笑顔を作った。

「私がそうするって言ったら、そうするの。支配人を呼んでくださってもけっこうよ？」

支配人と言えば、現場で一番偉い人である。璃子にとっても、思わず緊張して会話がぎこちなくなるような、責任感ある立派な上司だ。

（迷惑かけたくないのに……）

すると、穂華の言葉に慌てたのか、璃子より先に「かしこまりました」と烏川が答えてしまった。

「楠木さん、ここはいいから、神田様をお部屋にご案内してください」

「ええっ」

「接客業における正解はひとつではありません」

烏川が真顔で言った。

いきなりイレギュラーな対応を迫られ、璃子はさらに戸惑う。しかし、ホテリエたるもの〝お客様への真心〟を忘れてはならない。

（最高のサービスを提供するのがわたしの仕事だ）

璃子は、しっかりと穂華の目を見て言った。

「では、神田様、こちらへ。お荷物お運びいたしますね」

カウンターから出ると、璃子は穂華の足元にあるボストンバッグに手を伸ばした。モノグラム柄がおしゃれな、オールレザーのバッグを丁重に持ち上げる。

（お、重っ！）

予想外の重量感に、思わずよろけそうになるが、何とか踏ん張った。日本人女性平均身長より十センチは高く、体つきは細めではあるが力はある。

そんな璃子が持ち上げるのにも苦労する荷物を、隣の華奢《きゃしゃ》な美女が運んできたというのが信じられなかった。

「こ、こちらでございます」

璃子はよろよろしながらも、ボストンバックを抱えエレベーターホールへと向かう。

(どうしてこんなに重たいのっ)

金塊でも入っているのではないか。ずしりとした重さに耐えながら、璃子は笑顔をひきつらせた。

「お先に失礼します」

璃子はマニュアルどおり、先にエレベーターへ乗り込んでからお客様を迎える。扉が閉まったあとで、穂華が呆れたように言った。

「ラゲッジカート使えばいいんじゃないの?」

荷物の重さで、腕を震わせる璃子の笑顔はひきつっている。しかしラゲッジカートを取りに戻るために、ここでお客様を待たせるわけにはいかないと判断した。

「だ、大丈夫でございます」

「あ、そ」

十四階に到着しエレベーターの扉が開くと、案内図も見ずに穂華はさっさと廊下を進んで行く。璃子はその背中を急いで追いかけた。

客室に辿《たど》り着く寸前、素早く璃子は前に出る。卒のない動作でドアを解錠し、「どうぞ、こちらのお部屋となります」と、穂華を案内する。

それから、カードキーを電源ホルダーに差して照明を灯《とも》した。やっと荷物を下ろすことができて、ホッとする。

「ごゆっくり、お寛《くつろ》ぎください」

ひと通り説明を終え、璃子が部屋を出ようとしたときだった。

「お部屋、スイートに変えてくださらない？　思ったより狭いから」

「え、あ、えっ？」

客室は、広めのリビングルーム、ゆとりのベッドルーム、大容量のウォークインクローゼット、一人で泊まるには余裕のレイアウトとなっている。

室内はすべて畳敷きで、窓は障子で覆われており、落ち着いた和の空間が非日常を演出してくれる、とっておきの仕様だ。都会の喧騒《けんそう》を忘れて安らげると、宿泊客からも好評を得ている部屋なのである。

(なのに、どうして？)

「スイートですか……」

スイートルームはこの部屋の宿泊料とは桁が違う。予約なしでは、空いているかどうかも分からない。璃子は思わず眉を顰《ひそ》めた。

「その顔は、どういう意味？　はっきりと言ってください」

厳しめの穂華の口調に、プレッシャーを感じずにはいられない。

「す、すぐに、フロントに確認しますので、少々お待ちください」

こわばった顔をどうにか動かし、璃子は無理やりながらも笑顔を作って対応するのだった。

✿

「——というわけで、神田様にはスイートルームに移っていただきました」

一気に説明を終えると、璃子は、ふう、とため息をつく。

スタッフルームは、八畳ほどの広さに長机とパイプ椅子、そしてソファがあるだけの簡素な部屋だ。それでも、ロッカールームや社員食堂が別にあるので、四十人ほどのスタッフが交替で休憩するにはじゅうぶんな広さだった。

「はあ、そうですか」

璃子の指導係でフロントマネージャーの鳥川は、椅子に深く腰掛け気だるそうにしていた。あまり興味がなさそうであるが、璃子は報告を続ける。

「お荷物がいやに重たいなあと思ったら、中からダンベルが出てきたんです。毎日筋トレされているそうで」

腕をさすりながら、璃子は、ふぅ、と再度ため息をついた。これまでも色んな接客をしてきたが、今日は特に気疲れしたようだ。

「はあ」

腕を組み天井を見上げ、やはり烏川は気のない返事をする。

「ご宿泊の予定は一週間で、その間、わたしにお世話係をしてほしいとご希望されています」

「はあ」

「そうは言っても、フロントのお仕事がありますし」

「はあ」

話を聞いているとは思えない返事に、璃子は困ってしまう。ビシッとした仕事中とは違い、オフの烏川はたいていこんな調子だ。

「お断りしてもよろしいでしょうか？」

「はあ……って、いや、駄目です。神田様は支配人のお知り合いで特別なゲストなので、お世話を優先してください。フロントのほうはなんとかします」

「で、でも」

「くれぐれも失礼のないように、お願いします」

そう言うと、ささっと髪をなおして、烏川はスタッフルームを出ていった。

（あからさまだなあ）

他人に興味がなさそう、それが烏川のイメージだった。半年近く一緒に働いているのに、仕事以外の会話はない。璃子のほうからなんとか打ち解けようと試みたこともあるが、まったく心を開いてはもらえなかった。

（嫌われているのでなければ、まぁ、いいか）

今は璃子も割り切って、必要以上のかかわりは持たないよう気をつけている。

ときどき、境目の『たまゆら屋』の仲間を懐かしく思い出す。境目では、人間と神様とあやかしが一丸となって働いていた。仲間たちのおかげで、仕事においていかにチームワークが大切か、璃子は学ぶことができた。

（わたしには人間のほうが手強《てごわ》い）

つくづく、そう思うのだ。つかみどころのない烏川、要望の多い客の穂華、それから——。

「璃子、烏川さんの昼ごはん何だった？」

スタッフルームに勢いよく飛び込んで来たのは、頭のてっぺんにお団子を結んだ客室係の早乙女吉乃《さおとめよしの》だ。ホテルの仕事をしながら神社で巫女《みこ》としても働く、璃子と同い年の二十三歳。

そんな彼女もまた、なかなか個性的な人物なのだった。

働きぶりは悪くない。小柄ながらパワフルで要領も良く、ハードな客室係の仕事をそつなくこなしていた。そんな吉乃の頑張りを、一番近くで見ているのは璃子かもしれない。

「吉乃さん、お疲れ様」

しかし。

「烏川さんは何を食べた？　唐揚げ弁当かな？　のり弁かな？　それともシャケ弁なのかな？」

執拗《しつよう》に追及してくる吉乃に、璃子は気圧《けお》される。烏川の昼ごはんなど、知るわけがないというのに。

「し、知らないよ。お弁当一緒に食べてないから」

「ああ、烏川さんの空腹が満たされ、幸せであらんことを」

吉乃は祈るように手を合わせた。

「ごめん。さっぱり理解できない」

いつものこととは言え、吉乃の奇妙な言動は璃子を困惑させる。

「理解し難いとは思うけど、私って、二次元と三次元への愛を両立できるタイプなんだよね」

「理解できないのは、そこ、じゃないんだけどね」

吉乃は、アニメ好きな両親の下に生まれ、アニメ見放題や声優当てクイズなどの、英才教育を受けたらしい。

　その甲斐《かい》あってか、二次元キャラクターの応援から、はたまたキャラクターの衣装を着たレイヤーとしてイベントへの参加までをこなす、明るいオタクへとすくすくと成長した。

　オタクのサラブレッドだ、と吉乃は言う。

　もちろん、理解できないのは、そこ、でもない。

「推しの幸せは私の幸せ」

　理解し難いのは、その推しが、烏川であることだ。

　同僚をターゲットにしたオタ活につきあわされることに、正直璃子は辟易《へきえき》している。

（そもそも推しという概念が、わたしにはよく分からないよ……）

　しかも、相手はただでさえとっつきにくい烏川である。

「それにしても、客室係で助かった。天の采配《さいはい》に感謝するよ」

　しみじみと、吉乃は言った。

　しかし、人員配置は〝天の采配〟ではない。

「フロントのほうが、烏川さんと仲良くなれそうだけど」

　璃子は思わずつぶやいたものの、そんなことはないか、と思い直す。烏川は他人を寄せ付けないのだから、仲良くなるのは難しいだろう。

　吉乃は「無理、無理」と、片手を左右に振った。

「あんな顔面偏差値の高い人類と隣に並べるわけない。推しは遠くから拝むもの。とにかく、尊すぎて近づこうとしても近づけないんだよね」

言動は少々難ありだが、吉乃もじゅうぶん愛嬌のある顔をしていた。普段は今どきの若者らしいメイクと個性的なファッションで、街中でも目立つタイプである。

「そ、そうなんだ」

しかも、烏川がイケメンの部類であることに、璃子はまったく気づいていなかった。もしかすると、イケメンに免疫がついているのかもしれない。先日も美貌の神様を拝んだばかりだ。

（伊吹様やトコヤミさんで慣れたのかも）

むしろ、一般人である烏川を、人間を超越した美しさと比べるほうが無粋かもしれない。

トゥルルルルル。

そこでスタッフルームの内線が鳴った。素早く吉乃が受話器を取る。

「もしも、え、わ、ひゃ……ちょうど今、一緒に」

ぎこちない動きで吉乃が振り返り、おどおどしながら受話器を差し出してくる。

「璃子……フ、フロントの……烏川さんから……」

普段は強気で豪快な吉乃が、烏川のことになると別人のようである。璃子は苦笑しながら受話器を受け取り、「楠木です」と、応答した。

『すみません。休憩時間に』

仕事モードに入った烏川の声は、休憩中とは違い凛《りん》としている。

「ええと、大丈夫です」

『一四〇一号室の神田様が、楠木さんをご指名です。休憩は再度取ってもらう形でかまいませんので、これから神田様のお部屋に向かっていただけませんか』

「はい。分かりました」

さっそく穂華から呼び出しがかかり、璃子は少しだけ憂鬱《ゆううつ》な気分になった。何を頼まれようと、余程のことでない限り、ＮＯとは言いにくい。

「呼び出しだった。先に戻るね」

「ご武運を！」

吉乃からエールを送られ、璃子はスタッフルームを出た。

あまり待たせても、再び苦情が来るかもしれない。璃子は急いで十四階に向かう。穂華の客室のドアには、なぜか、貼り紙が貼られていた。

〝明日の昼十二時までに弁菊《べんぎく》さんのお弁当を届けるように〟

璃子は達筆な文字を二度見、三度見した。

「お弁当を届ける？」

宿泊者の食事と言えば、宿内のレストラン、ルームサービス、外食などが主だろう。デリバリーサービスはセキュリティ上、要相談案件だ。

「わたしがお弁当を買ってきて届けるってこと？」

このような要望は一度も受けたことがなく、璃子は困惑する。

体調が悪く部屋から出られない場合は、レストランが特別メニューで対応することもある。しかし、それとも事情が違いそうだ。

「お客様、神田様」

璃子は扉をノックして声をかける。すると室内から物音がした。神田が外出したという連絡はないし、気配もあるのに返事はない。

「どういうこと？」

文面通り、弁当を買ってきてほしい、それだけなのだろうか。

「フロントのわたしが、勝手に買い物に行くわけにはいかないんだけど」

宿泊プランによっては買い物代行サービスが付くが、これは事前に予約していただき外部の業者に委託《いたく》している。もちろん緊急の場合は、手の空いたスタッフがおつかいに出ることもある。

「どうしたらいいんだろう……」

ふと、先輩ホテリエである烏川の〝接客業における正解はひとつではありません〟という言葉が頭に浮かんだ。

「烏川さんに話を通せば、なんとかなるかも」

境目の『たまゆら屋』でも、未経験ながら若女将としてお客様をおもてなしし、思いがけず従業員のまかない作りまでやってのけた璃子である。

「為せば成る！　やってやれないことはない！」

むくむくとやる気が沸き起こってきた。

そこで璃子は、生き生きと瞳を輝かせ、貼り紙をはがす。

就活に失敗し、派遣切りに遭い、自分には取り柄なんて何もないと落ち込む日々もあった。それでも、苦境に屈せず地道な努力を続け、自信に変えてきた。

「ところで、弁菊のお弁当って？」

フロントに戻った璃子は、早速スマホで〝弁菊〟を検索する。すぐさま、『日本橋弁菊総本店』という仕出し弁当専門店のウェブサイトがヒットした。江戸時代から続く老舗《しにせ》弁当店であることが分かり、とても興味を惹かれる。

「弁当屋の菊蔵《きくぞう》で『弁菊』なんだ」

もとは『江口屋《えぐちや》』という食事処であったが、三代目江口菊蔵の時代から弁当販売がメインの『弁菊』となったようである。

忙しくて時間の無い魚河岸の人たちが、食べきれなかった食事を経木《きょうぎ》などに包んで、持ち帰ってもらうようにしたのがルーツらしい。

すなわち、『弁菊』の弁当は、思いやりからはじまったのである。

何をもって弁当の起源とするかは明確でない。

しかし、花見や観劇などで弁当を食べる様子が浮世絵にも描かれているように、少なくとも江戸時代には弁当文化も隆盛を見せていた。

江戸の弁当はどんな味がするのだろう。日本橋を見守る神様の伊吹には、懐かしい味なのだろうか、と璃子はふと思う。

もしかすると、穂華にとっても、弁菊のお弁当は思い出深い味なのかもしれない。

「ここから近いし、明日、出勤するときにお店に寄って買えばいいよね」

璃子は便箋《びんせん》に「かしこまりました。明日、お弁当買ってまいりますね」としたためる。

夕食を取るために、穂華が部屋から出てきたら手紙を渡してほしいと、遅番のフロントスタッフに託した。

✿

日本橋あじさい通り沿いに、コンパクトな間口のビルがある。菊の絵に〝弁〟の文字が入ったロゴマークと瓦屋根、それから店先に藍色ののれん。

　老舗らしい立派な店構えの弁当店が『弁菊』だ。

「創業一八五〇年、日本で最初の弁当屋……すごい」

　璃子は、入り口の看板に記された文面を読み上げる。

　しかし、のんびりと感心している場合ではない。早々に弁当を買ってホテルに向かわねば遅刻してしまう。今日の璃子のシフトは午後一時からだ。

　璃子は男性客に続いて、店の中に足を踏み入れた。カウンターの向こうには、大旦那と思われる男性と販売担当の女性。

　男性客は常連なのか、定番と思われる弁当を迷わず購入する。

「どれになさいますか？」

　大旦那に声をかけられた璃子も、男性客が手にした弁当と同じものを選んだ。

「ありがとうございました」

　優しそうな大旦那の表情に、出勤前から気分が明るくなる。

　弁当店を出てホテルへ到着すると、急いで着替えを済ませ、璃子はスイートルームへ向かった。十四階のエレベーターホールでは、すでに穂華が待ち構えている。

　落ち着いたベージュカラーの、左肩が顕《あらわ》になったデザイン性の高いワンピースを、穂華はモデルのように着こなしていた。

「お、お待たせしました」

「遅い！　間に合わないじゃない」

不機嫌そうに穂華は言う。

（まだ十二時五分前なのに？）

反論したい気持ちを、璃子は心の中に押し止める。

「もう出かけるから、お弁当は責任を持ってあなたが食べてください。はい、お代」

穂華は強引に、璃子へと封筒を押し付けてきた。

「それから、そこにあるフラワーアレンジメント、位置が悪いわ。もっと下げて」

指差した先には、カフェオレ色のアナスタシアブロンズと、赤い実がかわいいサンキライのフラワーアレンジメント。目線に合わせた高さで、廊下の脇に飾られていた。

「で、でも……」

「あとで封筒の中のメモを見て、二、三日中に準備しておいて。じゃあ、急ぐから」

呆然とする璃子を置いて、穂華はさっさとエレベーターに乗り込んだ。

「せっかく買ってきたのに」

璃子は、閉じられたエレベーターのドアに虚《むな》しくなり、思わず愚痴をこぼす。

何より悔しかったのは、弁当を食べてもらえなかったことだ。

「このお弁当、きっと、美味しいよ」

店の雰囲気や、大旦那の顔を思い出すとなおさら、心のこもった料理が無駄になることが辛く感じられた。

「だったら、いっそう、大切にいただきます」

時計を確認し、璃子は頷く。

「まだ、時間はある」

素早くスタッフルームに戻り、お弁当を取り出した。白い包装紙に丁寧にくるまれた弁当箱は、高級感があり、また、歴史を感じさせる。

包装紙を取ると、二段重ねの経木のお弁当箱が現れた。駅弁をイメージした璃子は、楽しくなってくる。

「旅行気分だね。うわあ！」

蓋を開ければ、めかじきの照焼、玉子焼き、豆きんとん、蒲鉾《かまぼこ》、野菜の甘煮、生姜《しょうが》の辛煮、きゅっと詰まったおかずの段が登場だ。下の段は、つやつやと輝く白飯と真ん中に青い梅。

「これは……絶対美味しいやつだ」

まず、しっかり味が染みていそうな、丸ごとしいたけをひとかじり。弾力のある歯ごたえを堪能しつつ、じゅわっと口に広がる甘辛い味をしっかり受け止める。

江戸料理ならではの濃い味に、すぐさま白飯が欲しくなる。ごはんをひと口ほおばり、璃子は唸《うな》った。水分が多めで、冷めているのに柔らかだ。

「やっぱ。美味し〜い」

濃いめの味付けが、とにかく食欲をそそるのだ。次から次へと欲しくなる、やみつきになる味である。

「里芋、たけのこ、れんこん、ごぼう……どれから食べよう」

璃子はひとしきり悩んだあとに、里芋を口にした。

里芋はとんでもなくねっとり柔らかで、これもまたとびきりの食感だった。ひっきりなしに、甘煮とごはんを交互に口にいれる。

（こってりした甘さがクセになるぅ）

他の野菜も噛みごたえは残しながら、ちゃんと味が染み込んでいる。

めかじきの焼き加減も絶妙だし、箸休めの生姜の辛煮はぴりりとして引き締まる。玉子焼きは甘くて優しい味だ。かまぼこのピンクもかわいい。

「うーん、お弁当の極み」

食べだすと止まらない美味しさに、璃子は感動すら覚えた。

「何だろう。ちくわぶ？」

そこで璃子は、野菜の甘煮の中に控える、穴のないちくわぶのような練り物を見つける。

しかし、ちくわぶとは違い、むにゅ、とした食感はどちらかと言えば生麩《なまふ》に似ていた。

はじめて口にする食べ物のポテンシャルに、璃子は瞠目《どうもく》する。

ちくわぶに似たものは、どうやら〝つとぶ〟という、江戸の生麩であるらしい。

「つとぶ、かぁ」

この味と食感、一度食べたら忘れられないに違いない。

汗水流して働く魚河岸の人たちや、料理をこしらえる厨《くりや》の様子が浮かぶ。江戸の歴史や住まう人たちの人生までもが、料理に染み込んでいるように、璃子には感じられた。

（この味を、きっと、伊吹様もご存じだ）

伊吹の愛嬌ある性格だって、色んなものが染み込んで出来上がった味なのかもしれない。人々の喜びや悲しみを、受け入れて見守ってきた神様なのだから。

「料理ってすごいな。色んなことが見えてくる」

受け継がれてきた味が物語るものに、璃子は感じ入っていた。じっくり味わっていたいのは山々だけど。

「のんびりしてられないんだった！」

最後までとっておいた豆きんとんへ、やっと箸を伸ばす。期待どおりの甘さに「んんーっ」と、璃子は悶《もだ》えた。

「お江戸スイーツだ。絶品スイーツ」

しっかりと甘いのにしつこくない。しかも舌触りも最高で、弁当箱の隅までなめつくしてしまいたいほどだった。

豆きんとんにうっとりしているところで、スマホのタイマーが鳴り響く。

「さて。お仕事の時間ですよ」

璃子の至福のひとときは終わりを告げるのだった。

✿

それから二日後のことだ。時刻は午前十時。東京日本橋タワーのふもとにある、オブジェの前に璃子の姿はあった。

今日の璃子は、いつものカジュアルなファッションではない。

ベージュ色のバルーンスリーブのニットと、レースの白いスカートというこなれたコーデは、まるで丸の内ＯＬのようだ。珍しく、長い髪はゆるく巻かれておろされている。

ある決意を持ったコーディネートだった。

(やればできる。お金は天下の回りもの)

伊吹に貧乏を指摘されてからというもの、璃子なりに考えていた。

しっかり働いて給料をもらっているということを、認めてもらうにはどうすべきかと。

「まずは、見た目ですかね」

この際にと、奮発して新しい服を買ってみたのである。

「あの、楠木さん、ですよね？」

そこへ、ホテルの先輩社員、烏川があやしむような目をしながら近づいてきた。

実は、ここで烏川と待ち合わせていたのだ。

「ど、どこか、おかしいでしょうか？」

奇妙なものを見るような烏川の視線を、さすがに璃子もスルーできなくなる。

「いえ、おかしくはありませんが」

アイスブルーのパーカーにワイドサイズのデニムを履き、フレームが細身な丸眼鏡をかけた烏川のほうも、職場とはずいぶん雰囲気が違っていた。眼鏡の下の瞳は、いつもより青っぽく見える。カラコンを入れているのだろうか。おしゃれの難易度が高すぎる。

そんな烏川から、

「……気合い入れすぎ」

ぼそっと言われ、璃子は赤面する。

(気合い入れてきたのバレてる！)

「そ、そりゃ、老舗のお店に伺うんですから、失礼のない恰好をしようって気持ちになりますよね？」

「時間がない。さっそく行きましょう」

璃子の必死の弁明はさらりとかわされる。

腕時計を確認するやいなや、烏川は、オブジェの横に建つ黒くて四角い建物へと入っていった。これから買い物をする予定の、老舗和紙舗『木原《きはら》』だ。

「烏川さんに付き添われなくても、平気なのに」

ぶつぶつ言いながら璃子はバッグから封筒を取り出し、中から便箋を抜き取った。便箋には美しい文字でこう書かれてある。


〝木原さんのペン立てと、山田海苔店《やまだのりてん》さんの焼海苔を、購入するように〟


穂華から買い物を頼まれたことを報告したら、烏川からは時間外労働手当の申請と同行を求められた。周囲とのかかわりを極力避けてきた、烏川らしくない判断である。

「それにしても、おしゃれだなぁ」

日本橋で創業し、二百年以上の歴史を持つ『木原』。

ナイスデザイン賞を受賞した店舗は、菱型のレリーフが印象的な、シックで落ち着いた外観だった。これは菱の実をデザインしパターン化した、木原の伝統紋様『彩硝子《あやがらす》』が基となっている。

また、高い天井から柔らかな照明が落ちる店内も、雅な空間が広がっていた。正面カウンター奥に飾られた、色和紙と千代紙の絢爛《けんらん》さに息を呑む。

夏の太陽を思わせる梔子《くちなし》、恋する唇のような韓紅花《からくれない》、夜の手前にある高貴な深紫、鮮やかな色が次々と目に飛び込む。

「綺麗……」

ため息が出そうな光景だ。

麻の葉や市松などの伝統文様、桜や紅葉、雪の結晶。古くて新しい華やかな和柄の千代紙に、あっという間に璃子の心は奪われた。

便箋・祝儀袋・御朱印帳・千代紙の詰め合わせ、さらにはマスキングテープまで。様々な商品に見惚れる璃子を、奥まったところから、「楠木さん」と烏川が呼んだ。

「ペン立てって、これじゃないですか？」

六角形の筒がずらりと並ぶ。

「すごい」

繊細な柄の千代紙で仕立てられた、折りたたみ式のペン立て『六角ふでたて』は、どれを選ぶか迷ってしまいそうなほどに可愛らしい。

「これは確か『牡丹《ぼたん》』、こっちは『鳥の宴《とりのうたげ》』だったかな。この図案はどれも、明治大正期の復刻版で木原さんのオリジナルだそうです」

「詳しいですね」

下調べをしてきたと言わんばかりの説明だが、璃子は素直に感心する。すると、調子づいたかのように、烏川は丸眼鏡のつるをあげた。

「木原千代紙は、博覧会などを通じて、文明開化の時代から海外へと渡っていったんだ。すごいだろ？」

途端に、烏川の口調が気安くなる。

「日本の和紙が、海外でも人気が高いというのには頷けます。綺麗なうえに、温かみがありますよね」

璃子には、千代紙が優しい表情をしているように思えた。

「紙漉《かみす》きって分かる？　紙の原料が入った水槽の中で、こんな風に木枠を揺らして紙を漉く作業なんだけど」

軽く握った両手を、烏川は前後左右に動かした。

「何となく。昔はそうやって、和紙を作っていたんですよね」

「和紙を見てあったかいと感じるのは、歴史や人生を、和紙を通して見ているからじゃないか？」

烏川はどこか嬉しそうだった。

（歴史や人生……）

料理を口にしたとき、璃子も同じことが頭をよぎったのを思い出す。心を虜《とりこ》にするものには、一朝一夕にはいかない、深い味わいや積み重ねがあるのかもしれない。

「まずい。急がないと。次は海苔、行くぞ」

物思いに耽《ふけ》る暇もない。烏川は急いで会計を済ませると、璃子を連れて店を出た。


「海苔だったらスーパーやデパートにも売っていますし、どうしてわざわざ本店までおつかいを頼まれたんでしょう？」

足早に日本橋を渡っていく、烏川の背中を璃子は追いかける。

「山田海苔店のビル、心して見たことある？」

ちらり、烏川が振り返った。

「えっ？　心して？　そこまではさすがに……」

山田海苔店は『たまゆら屋』と同じ通り沿いにある。

通勤時に目に入ることはもちろんあるが、ジロジロ眺めるようなことはさすがにしない。

「じゃあ、横断歩道を渡って、反対側から見てみようか」

烏川は、急に進路変更した。

「ま、待ってください！」

璃子も仕方なく後を追っていく。スニーカーだったならともかく、パンプスでは走りにくい。もたもたしていると信号が点滅をはじめた。

「急げ！」

「うわっ」

烏川に手を引かれ、璃子は小走りで横断歩道を渡り切る。

「休んでるひまないから」

「お、鬼……」

思わず本音が漏れて、璃子は口元を押さえた。

「何？」

「い、いいえ。何でもありません」

ぶんぶんと左右に首を振る璃子を、たいして気に留めず、烏川はマイペースに語り出す。

「隣のビルと少し雰囲気違うだろ？」

日本橋三越《みつこし》本店を背にして道路を挟んだ向かい側に建つ、山田海苔本店のビルを烏川は指差した。ビル正面は、平行に黒いラインが並ぶデザインが施されていた。

「正倉院《しょうそういん》の校倉《あぜくら》造りに倣《なら》ったそうだ」

「ビルになっても老舗らしい風格がありますね」

「近代建築と伝統を合わせるあたり、発想が柔軟だよな。西のほうでよく食べられる味付け海苔は、こちらのお店が発祥なんだ」

「烏川さん、色んなことに詳しいですね」

璃子はまたも感心してしまう。もし、今日おつかいに来なければ、知らなかったことだらけだ。

「たいしたことじゃ……あ、そうだ。おにぎりや海苔巻に使う板海苔、和紙の製法から生まれたらしい」

「なるほど！　海苔をこうやって漉いたんですね」

璃子は先程の烏川を真似《まね》て、木枠を上下左右に揺らす動作をして手漉きを表現した。

「海苔の養殖や和紙の生産が盛んだった江戸時代に、海苔のイノベーションが起こったのも頷ける。とにかく、焼きたての海苔、美味いんだよな」

自然な笑みを浮かべる烏川に、璃子は驚く。この半年間一緒に働いてきて、一度も見たことのない表情だったからだ。

「烏川さん、そんなに海苔が好きだったんですね」

「はぁ？」

烏川は眉間に皺を寄せた。そこで璃子はハッとする。

「あ、違った。日本橋が大好きなんですね！」

璃子の言葉を受け、烏川は照れくさそうに丸眼鏡のブリッジをあげた。

「好きだよ」

「えっ？」

「海苔、好きだけど、何か？」

「あっ、海苔！」

「楠木さんはやっぱり、俺が近づいても気分が悪くならないんだな」

「えっ？」

「いや、別にいいけど。急ごうか」

「ええっ!?」

烏川の言わんとすることが理解できず戸惑う璃子だが、ゆっくりしてはいられない。

それから、山田海苔店にて焼きたて焼海苔を自分のぶんもしっかり購入した璃子は、意味深な烏川の言葉も忘れてほくほくするのだった。


ビルの狭間にある、箱庭のような空間。色づきはじめた木々や、紅葉が落ちた花手水《はなちょうず》が美しい。秋を背景にした朱い鳥居を璃子は見上げた。この神社は、璃子にとって特別な場所だ。

「……一応、お参りしておくか」

当然のように神社に立ち寄ると、烏川は一礼して鳥居をくぐる。

(烏川さん、鳥居をくぐっちゃった)

しかし、参道を進んでいく烏川を追えずに、璃子は立ち止まったままだ。

（わたしが鳥居をくぐったら……ややこしいことになりそう）

ここ、福富《ふくとみ》神社は、璃子の神様、伊吹が祀《まつ》られている神社である。神域に足を踏み入れれば、きっとすぐに、「こんなところで何をしておる」と伊吹が現れるはずだ。

当然璃子は、あたふたしてしまうだろう。伊吹の姿が見えない鳥川から〝ヤバいヤツ〟認定されるような事態だけは、どうにか避けたい。璃子は慌てて、鳥川を引き留める。

「待って、鳥川さん！　そろそろ仕事が」

「こんなところで何をしておる」

「ひゃぁ！」

しかし遅かった。

仏頂面の神様が、いつの間にか璃子の隣に並んでいる。

「い、伊吹様こそ、いきなりなんですかっ！」

「いきなりも何も、ここは私の神社だ」

「まだ鳥居をくぐってませんけど」

「そこが神の領域との境界線だ」

道路と参道の境を指し示して、伊吹が言った。

「職場の人にあやしまれるので失礼します」

ペコリと頭を下げ、後ろに一歩下がったところで、背中が透明な膜のようなものに押し返される。伊吹によって神社に結界が張られ、閉じ込められてしまったようだ。

話し声や車の音は、もう聞こえない。若干やわらいだ太陽の光が空から注がれていた。

「何するんですかっ」

「だーかーらー。珍しく着飾って、あんな気障《きざ》野郎と一緒に、こんなところで何をしておる、と訊いている」

伊吹は口をへの字に曲げた。

（着飾って？　気障野郎？）

璃子はきょとんとする。

「あ、この服は、新しく買ったんです。お給料が入ったので」

ちょうどよかった、もう貧乏とは言わせない、と璃子は胸を張った。もとはと言えば、伊吹に見せるために購入したようなものだ。

「ほう。そのようなチャラチャラした着物のどこが良いのだ。髪も結わずに、くるんくるんしおって。璃子には似合わぬようだが」

よく見もしないで伊吹はそっぽを向く。

「に、似合うとか、似合わないとか、伊吹様にご意見は求めていません。わたしが好きで着ているだけですからっ」

いつもなら冷静になろうと努めるところだが、カッとなり璃子は反射的に言い返してしまった。

「す、好きで？」

なぜか伊吹はうろたえている。そこへ烏川が戻ってきてしまった。

（どうしよう⁉　ごまかすしかない！）

璃子は冷や汗をかきながらも、平静を装った。

「楠木さん、大丈夫？」

「えっ、はい。そろそろ、仕事ですよね」

伊吹のことは見て見ぬふりで、璃子は返答するが。

「人のこと、気障野郎ってなんだよ。神様のくせに口が悪いな」

烏川はぼそりと言うと、丸眼鏡を外し鞄《かばん》にしまった。

「そっくりそのまま返そう。八咫烏《やたがらす》の子孫は、神への口の聞き方を忘れたのか」

打って変わって伊吹の顔つきは引き締まり、鋭い眼光で烏川を見据える。

睨み合う両者の間で、訳が分からず璃子は固まった。

「楠木さんも関係者だったんだ。その割には鈍感だけど」

烏川は余裕の表情だ。

「お前程度の霊力で、璃子が動じるはずがあるまい」

伊吹も堂々としていた。

璃子は二人の顔を交互にながめる。

（あれ？　この人たち、会話してる？）

おそるおそる、璃子は烏川に訊ねた。

「あの、烏川さん、ここにいる着物姿のおかっぱ頭が見えていますか？」

「か、河童《かっぱ》……？」

おかっぱ頭と言われたことに、伊吹は愕然《がくぜん》としていた。

「伊吹様のことだったら、見えているよ」

烏川ははっきりと「伊吹様」と言った。驚いた璃子は口をぱくぱくさせる。

「あっ、ああっ、烏川さんも、わたしと一緒で見える人間なんですね！　だったら言ってやってくださいよ。こんなところで足止めされたら困りますよね。わたしたち、これから仕事なんだから」

特異な状況下で、璃子に烏川への妙な仲間意識が芽生えてしまった。それを察した伊吹はあからさまに不機嫌になる。璃子と烏川が親しくするのが、気に入らないようだ。

「こやつは人間ではない。神使だ」

「今、何と？」

「神に仕える八咫烏だと言った。今は仕える神を持たぬようだがな」

「烏、なんですか？」

璃子は、そろりと烏川に向き直る。少しだけ、緊張しながら。

「半妖だよ。化け烏と人間のあいだに生まれた、できそこないの」

烏川は脅かそうとしたのか、いきなり両手を広げた。ほんの一瞬、烏川の腕が黒くて大きな羽となり、瞳が黄金色の光を帯びたように見え、璃子は驚いて目をこする。

どうやら、気のせいのようだ。烏川の見た目は、烏川のままである。

しかし、たとえ烏川が別の姿になったとしても、今さらだ。神様やあやかしたちにすっかり馴染んでしまった璃子は、平然として言った。

「なんだ、そうだったんだ。だったら納得です」

「納得って、何が？」

烏川のほうは少しも納得していない顔だ。

「烏川さん、職場で誰とも親しくしようとしないじゃないですか。お客様にはいくらでも親切にできるのに。身バレしないように気をつけていたんですね。普通の人間に、お化け烏だなんて言って脅かしたところで、〝ヤバいヤツ〟認定されるだけですしね」

「やらねえし」

少しも怯《おび》えた様子のない璃子に、烏川は苦笑した。

「ああ、それで」

さらに合点がいったとばかりに、璃子はポンと手を打つ。

「今度はなんだ？」

伊吹がムスッとしながら言った。

「吉乃さんは、烏川さんに近づけないんです。尊すぎるそうで」

「巫女の吉乃か。あやつは霊感だけは強いからな。そのような人間がむやみに烏の霊気に当たれば、具合が悪くなってしまうであろう」

吉乃も境目の『たまゆら屋』でバイトをしていた時期があり、伊吹とも顔見知りである。

「目や耳は良いのに、鈍感な璃子と反対だな」

意味ありげな伊吹に、璃子は「えっ？」と聞き返すが、そしらぬふりをされてしまった。

「とにかく、吉乃さん、神様やあやかしは見えないのに、烏川さんはちゃんと見えるんですよ。それって、烏川さんが半妖だからですよね？　半分あやかしなのに、しっかりウツシヨでも実在できるってすごいことですよ。伊吹様でも、ウツシヨでは透けてることが多いので」

神様やあやかしが現実世界で実体化するには、かなりの霊力を消耗するらしい。この世に現れるとき半透明な状態なのはそのせいだ。

「烏川さんは、いいとこ取りのハイブリッドじゃないですか」

璃子は目を輝かせる。烏川には冗談でも自分のことを、「できそこない」だなんて言ってほしくなかった。

「褒め上手め」

しかし、伊吹は面白くなさそうである。

「楠木さんだけじゃなく、早乙女さんも関係者か。油断できないな」

烏川もかえって警戒心を強めてしまった。璃子は、二人の様子に気をもんでしまう。

「油断してくださいよ。わたしたち同じホテルで働く仲間じゃないですか。伊吹様もお願いします。ちゃんと烏川さんのことも見守ってあげてください」

伊吹はそれには答えず、すっと手を上げた。

「璃子と烏よ、もう行くがよい」

その声が耳に届いた矢先、周囲を包む膜とともに伊吹の姿も消え去った。

鈴の音が鳴る。女性の二人連れが、賽銭箱にお金を入れる様子が目に入った。止まっていた時間が動き出したのを、璃子は知る。

「突然現れて、かと思ったら急に消えて。勝手なんだから！」

悔しくなった璃子は、「もうっ」と、足を踏み鳴らした。

「楠木さんって、そういうキャラなのか」

烏川は愉快そうに、そんな璃子を見ていた。

✿

　仕事を終えた璃子は、アパートの部屋に戻るなりへなへなとベッドに倒れ込んだ。

「はぁ、疲れた。それにしても、神田様って、なんなの。おつかい頼むだけ頼んで、ねぎらいのひとつもないなんて。いい加減にしろー」

　不満をぶちまけ、いったんすっきりしたところで。

「客の文句か。ウツシヨの社員教育はどうなっておるのだ」

「きゃあ！」

　枕元に立つ人影に驚き、璃子は叫び声をあげた。

「明かりくらいつければいいものを」

　ブツブツ言いながら壁のスイッチを押すのは、伊吹である。

「無断で入ってこないでください！　入ってくるときは、玄関から普通に入ってください！　心臓が止まるかと思った」

　璃子はベッドに座り直し、胸を押さえた。そんな璃子を横目に、伊吹はのっそりと床の上であぐらをかく。

「正攻法だと入れてもらえない気がしたのでな」

「え？」

　伊吹らしくない気弱なセリフに、調子が狂う。神様でも自信を失くしたり、弱ったりするものなのだろうか。璃子は少しばかり心配になる。いつも凛としている伊吹の背中が、丸まっているように見えたからだ。

「今はこうして離れていますが、私の神様は伊吹様だけですよ。約束します。忘れたりしません。いつも心に思っています」

璃子は、心に自分の神様を持つことで、強くいられるのを知っている。

おそらく、璃子にとっての神様は、自分を信じる勇気や他人を思いやる心そのものなのだ。

「そ、そうか。良い心がけだ」

璃子の言葉に満足したのだろう。途端に伊吹の顔にしまりがなくなる。

(分かりやすいな……)

多少呆れはしたが、思わず笑みがこぼれた。伊吹を見ていると、璃子の心はたやすく和んでしまう。

「ところで、願いを聞き届けたぶんの供物をもらいたいのだが」

「願い？　わたし、何か願いました？」

神様に願い事をする場合、お賽銭やお供え物が必要だ。しかし、願った覚えがないのだから困る。

「烏を見守れと願ったではないか。休憩時間のたびゲームに課金する烏へ、今月はそこでとどめておけと注意しておいた」

「はっ？　そんなこと願ってませんけどっ」

烏川が課金厨であろうが、璃子の関与するところではない。

「願っておいてその言いぐさ。未払いは詐欺罪であるぞ」

もちろん、伊吹がごねる理由も璃子はお見通しだ。

「お腹空いたんですよね？　そうならそうと、素直に言ってください」

バカバカしくなった璃子は、部屋着を手に洗面室へ向かう。その途中で振り返り、伊吹に釘《くぎ》を刺した。

「着替え、覗かないでくださいね」

「ぶ、無礼者！」

伊吹は心外だと言わんばかりに顔を赤くしていた。


着替えを済ませたあと、髪をひとつに結びエプロンを着けた璃子は、意気込んでキッチンに立っている。常備品や冷蔵庫の在庫で神様のお膳を用意するため、ちょうどいわしの水煮缶詰を開けているところだ。

伊吹には、食前酒の『甘酒のグレープフルーツジュース割り』で一息入れてもらっている。読んで字のごとく、甘酒をグレープフルーツジュースで割ったドリンクで、これで璃子は今夏を乗り越えた。

栄養たっぷりの甘酒であるが、はじめは甘すぎて飲みづらかった。しかし、果汁百パーセントのグレープフルーツジュースで割ると、ほどよい苦味と酸味が甘さを中和し、かなり飲みやすくなる。甘酒の甘さが苦手だった璃子でもごくごく飲めるようになった。たっぷり氷を入れたグラスに、甘酒とグレープフルーツジュースを注ぐだけという手軽さも良い。栄養満点、美味しい甘酒ドリンクは、伊吹の口にも合うだろうか。

（甘酒が秋バテにも効きますように）

璃子にとっての甘酒は、温めていただく冬の飲み物のイメージが強かった。ところが江戸時代には、夏の飲み物としても人気が高かったようだ。それでか、俳句では甘酒は夏の季語である。

本棚に眠ったままの『七珍万宝料理帖』のページが、璃子の頭の中でパラパラとめくられていく。不思議な料理本に記されたレシピや雑学は、いつしか記憶に刻み込まれてしまったようだ。思い浮かべるだけで、すぐさま、知りたい内容が脳裏に映し出されるのである。

挿絵に描かれた、行商《ぎょうしょう》の甘酒屋が「あまざけ～」と売り歩いている様子や、『三国一』と書かれた幟《のぼり》が、実際に見たことがあるかのようにリアルに感じられた。

書物は、文字だけでなく時代の空気も伝えてくれるようだった。

「ええと、いわしのレシピ、っと」

璃子は、さらにパラパラとページをめくる。そこで面白いレシピを見つけた。

「鰯《いわし》のかびたん漬け？」

〝かびたん〟とはポルトガル語の〝カピタン《船長》〟のことである。異国風の料理という意味で付けられたそうだ。

「鰯をごま油で揚げて、細切りにしたしいたけや唐辛子と一緒に三杯酢に漬ける。これって……」

料理帖に記されたレシピは江戸時代のものであるが、調理法から現代の南蛮《なんばん》漬けのようなものだと分かる。

「よし。わたしでもできそうだ」

璃子は耐熱ボウルに、酢・砂糖・醤油《しょうゆ》・水を入れ混ぜ合わせる。レシピにあったしいたけの代わりは、手頃な〝えのきだけ〟だ。刻んだえのきと赤唐辛子もボウルに加え、レンジで加熱する。

缶詰から取り出したぶつ切りのいわしは、水気をきって片栗粉をまぶし、フライパンで揚げ焼きにした。

揚げたいわしを皿に盛り、レンジで加熱した南蛮ダレをまわしかければ『いわし缶詰かびたん漬け』のできあがりだ。

「お待たせしました～。一品目です」

璃子はお膳に見立てた木のトレイに『いわし缶詰かびたん漬け』を載せ、伊吹の前に置く。

「いわしの缶詰で作った、かびたん漬けです。南蛮漬け、と言えばお分かりでしょうか。どうぞ、召し上がってくださいね」

「璃子、待て」

そそくさとキッチンへ戻ろうとする璃子を、伊吹が引き止めた。

「座るがよい。璃子も腹が減っておるだろう」

「残りもちゃちゃっと作ってきますので、先に召し上がってください」

「璃子、待て。そなたも食べるが良い」

伊吹はいわしを箸で持ち上げると、「ほれ、あーん」、と璃子に差し出してくる。

揚げたてのいわしは香ばしそうに色づいていた。さくっとした食感を想像して、たまらなくなる。このままかぶりつけたらどんなにいいか。南蛮酢の甘酸っぱい匂いがますます食欲をそそる。今にもお腹が鳴りそうだ。

「あ、あー……」

大きく口を開けそうになったところで、璃子は我に返った。

「だ、だめ。神様より先にお食事をいただくわけにはいきません！　まず伊吹様が召し上がってください」

璃子は伊吹の手を振り払い立ち上がった。

「おっと！」

いわしを落としそうになり、伊吹は慌てて口に入れる。

(びっくりした！)

神様でも他人にものを食べさせたりするのだ、と璃子は鼓動する胸を押さえた。

伊吹はいわしをとことん味わうように、しっかり咀嚼《そしゃく》している。ごくんと飲み込んでから、満足そうな顔をした。

「ど、どうですか？」

璃子は期待感をつのらせながら感想を待つ。

「さくさくとした歯ごたえは残しつつ、タレもよく絡んでおるな」

「それで？」

「缶詰の魚を使うとは考えたものだ。また、きのこの食感も面白い」

「他には？」

伊吹から「美味い」の一言をもらうべく、必死になる璃子だが。

「……欲しがりめ。私に食レポをせよと言うのか」

伊吹はふたつめのいわしに箸を伸ばし、あとは黙々と食べるだけだった。

仕方なしに、璃子は調理の続きをしにキッチンへ戻る。

「欲しがり、か」

璃子は独り言ちながら、野菜室からエリンギ、さつまいも、大根、にんじんを取り出した。

エリンギはスライスし、アルミホイルに広げて並べた。ガーリックパウダー、バジル、塩、粉チーズをふりかけ、最後にオリーブオイルを少し垂らす。あとはオーブンで焼き上げるだけだ。

焼きまつたけならぬ、焼きエリンギである。

今では高級きのこのまつたけだが、江戸時代はよく取れていたようで、醤油に付けて焼くなどして食されていたようだ。

「次はさつまいも料理、と。あ、これこれ、煠出《あげだ》しいも」

『七珍万宝料理帖』によると、〝煠出しいも〟はさつまいもを揚げて、大根おろしと醤油をかけた食べ物らしい。さっそくアレンジ方法を璃子は考える。

さつまいも、大根、にんじんを、スティック状にカットし素揚げした。抹茶塩と醤油マヨネーズを添えれば、『フライド野菜スティック』のできあがりだ。

ちょうどオーブンの電子音が鳴った。エリンギも焼けたようだ。

「あとは、ごはんもの」

めんつゆに砂糖とみりんを足し、レンジで加熱し天丼のタレを作る。

茶碗《ちゃわん》によそったごはんの上に干し桜えびと天かすを載せ、お手軽天丼のタレを回しかけた。水につけて保存しておいた大葉を思い出し、刻んでトッピングする。

「天丼もどきの完成」

江戸時代に生まれた〝がんもどき〟は、雁《がん》に似せて作った豆腐料理という説がある。鴨《かも》に似た美味しい鳥である雁が高価であったことから、庶民は豆腐を捏ねて揚げたものを代わりにしていたのだ。〝きじやき〟も同じように、庶民のあいだでは雉《きじ》ではなく豆腐料理だった。現代でも甘辛いタレで焼いた肉や魚を、〝きじやき〟と呼ぶのはこの流れからかもしれない。

それらの〝もどき料理〟からヒントを得て、桜えびと天かすを海老天に見立て、『天丼もどき』とした璃子であるが。

「もどき料理、というより、ズボラ飯かな」

そうつぶやき、照れくさくなって笑った。

料理の皿を並べていくと、あっという間に小さなちゃぶ台が埋め尽くされた。お気に召したのか、甘酒ドリンクのグラスはもう空だ。

「全品、ご用意できました」

「では、いただこう」

伊吹は静かに食事を続ける。

「いただきます」

取皿に分けた焼きエリンギから、食欲を刺激するにんにくの香り。璃子は我慢できずにぱくりとかぶりつく。

(イタリアンだ〜)

にんにくを追いかけて、オリーブオイルとチーズとバジルがイタリアを連れてきた。口の中でナポリの風が舞っているかのようだ。

あっさりと醤油でいただくのも美味しいけれど、〝かびたん漬け〟があるように、西洋とのコラボだってあるのが江戸料理である。伊吹もきっと「美味い」と言ってくれるはず。

璃子はちらりと前方へ視線を向ける。

しゃくしゃくと良い音がする。伊吹は大根スティックを抹茶塩につけて食べるのに集中していた。

(お口に合ったみたいだ)

璃子はにやにやしながら『天丼もどき』の茶碗を手にした。

甘辛いタレが、桜えびと天かすをごはんとうまく絡ませる。ひと口食べれば、桜えびの香ばしさと甘さがふわりと口の中に広がった。天かすのサクサク感はスナック菓子のようで背徳感がありつつも、ジャンクな天丼に箸は止まらなくなった。

「あ、この味、似てるかも」

璃子は天丼のタレの濃い味を口の中で確かめる。

「似ている？」

伊吹が箸を置いた。

「はい。この前、弁菊さんのお弁当をいただく機会があって。江戸の人って、濃ゆい味が好きだったんですね」

「江戸の町を作るのに働き手を集めたのが発端かもしれぬ。彼らが重労働に耐えられるようしっかり食事をとらせるには、濃い味のおかずが必要だったのだ。それがそのまま文化として残ったのであろう」

「そうだったんですね」

「砂糖を多く使い、味を濃くすることで、日持ちもする」

「そっかぁ……」

濃い味には、色んな知恵が込められていたようだ。弁菊の折詰を思い出し、璃子は感じ入っていた。伊吹との食事はためになる。それから、心がほんわかする。家族と食卓を囲んだ、幼いころの思い出のようだ。

「まぁ、璃子のB級グルメもなかなかであるぞ」

「B級グルメなんて言葉も、ご存じなんですね」

「神だからな」

伊吹はさり気なく斜め上を見上げ、さらりと髪をなびかせた。どやポーズも神々しい。

「神様はすごいですね。神様は仕事の愚痴なんて言わないんだろうなぁ」

「いやいや実は、今日も滅多矢鱈《めったやたら》に願い事をする参拝者がおってな……それはともかく、神田という者と何かあったのか？」

「聞いてくださいますか！」

溜まった鬱憤《うっぷん》を吐き出したくてしょうがない璃子は、胸の前で両手を握り合わせる。

「聞かぬわけにはいくまい」

伊吹はわざとらしく、こほん、と咳払《せきばら》いをした。

「とにかく注文の多いお客様で、あれこれと買い物を頼んでくるんです。そのくらいは、対応できる限りはしますけど、ねぎらいの言葉もないなんて。それだけじゃないんですよ。こんなこと言うのはなんですが、お客様だからって態度が悪いのはいかがなものでしょう。呼び出しておきながら、こちらがノックをしても無視。フラワーアレンジメントの位置が良くないなんてクレームまで。ストレスたまりまくりです！」

すっきりしたのも一瞬、伊吹の表情はどこか呆れ気味で、璃子も気まずくなる。

（ぶちまけすぎたかな？）

すると伊吹は、腕組みをして目を伏せた。

「聞こえる声だけが、すべての声ではない。いつものように万物に耳を澄ますのだ」

「それって、どういう？」

「物事の本質を見極めよ」

何の前触れもなく、突然床からぶわりと風が起こった。

「うわっ！」

さらには、光の玉がぽんぽんといくつも飛び出す。

（これは……記憶の玉）

ゆらゆらと揺れながら、玉のひとつが璃子の前にやってきた。玉の中に映るのは、貼り紙が貼られた客室のドアの前にいる自分の姿。魚眼レンズで覗いたように歪《ゆが》んでいた。

（神田様の部屋だ――）

璃子の意識は時間を遡《さかのぼ》っていった。

璃子はドアをノックして穂華を呼んでいる。応答がなく困り果てている姿が見えた。

すると視界カメラはドアを通り抜けていった。室内ではバスローブを身に纏った穂華が、洗面室で濡《ぬ》れた髪をドライヤーで乾かしているところだった。ドアのほうを見向きもしないのは、聞こえていないからだろう。

（ドライヤーの音で、ノックが聞こえてなかったのかな。あっ！）

視界カメラは穂華の姿から離れ、ベッドルームにあるサイドテーブルへとズームしていく。そこには、綺麗なアクセサリーが置いてあった。

(もしかして、これはイヤリング……じゃ、ない?)

穂華の耳元で煌《きら》めいていたものがはっきりと見え、璃子はハッとする。

(たぶん、装飾の付いた補聴器だ)

穂華がバスローブ姿であることから、シャワーを浴びるために補聴器を外したと推測する。

一気に、後悔と自責の念が押し寄せてきた。

(色んな条件が重なって、ノックが聞き取りにくかったんだ。わたし、なんてことを)

態度が悪い客だと口にしたことを、璃子は心から恥じる。一人前のホテリエまであと一歩だと、思い上がっていた自分が情けない。

(ぜんぜん、気づかなかった)

フロントで穂華と会話したときも、不自然なところは少しもなかった。予約時に耳が不自由であることを申告してもらえれば、光で訪問をお知らせするノックセンサーを貸し出すこともできただろう。とはいえ、不自由さの度合いや感じ方は個人によって違う。

もう少し心に余裕を持てていれば。信じて待つことができていれば。

接客が、マニュアルどおりにはいかないことを、璃子は経験を以《もっ》て知った。

さらに別の玉がゆらめきながら近づいてくる。

（これは、いつのこと？）

玉の中に、車椅子の婦人が映し出された。ホテルの廊下にあるフラワーアレンジメントを見上げている。そこへ、穂華がやってきて、にこやかな表情で婦人に話しかけていた。

視界に璃子の姿はない。どうやら璃子の記憶ではないようだ。神様である伊吹が見ていた場面だろう。

穂華の話し声は、普段よりゆっくりはっきりしている。

「お花、綺麗ですね」

「ええ、とっても綺麗。心が和みますね」

婦人も機嫌よく穂華に返事をしていた。

「奥様、首がおつらくありませんか？」

「そうね。もう少し下にあったら、もっとよく見えるのに」

「私から、ホテルのかたに伝えておきますね」

「ありがとう」

璃子は二人の会話にただじっと耳を傾けていた。

（わたし、何にも分かってなかった）

穂華は、車椅子のお客様に、フラワーアレンジメントが見やすくなるよう、アドバイスしてくれたのだ。もっと、穂華の言葉に寄り添うことができていたら、璃子の感じ方も違ったのかもしれない。

本来なら、そうすべきだった。それがホテリエの仕事だから。

いや、それだけじゃない。温かなおもてなしをすることが、璃子の目標であり夢だったのだ。

心を込めたおもてなしが、お客様の笑顔を見せてくれると知っているから。

璃子は幸せな笑顔が見たいから、頑張っているのだ。

やがて意識は、もといたアパートへと帰っていく。


目の前には、涼やかな表情の伊吹がいた。

「わたし、クレームだって決めつけていました。神田様のこと、面倒くさいお客様だって、色眼鏡で見ていたからです」

璃子の声は僅《わず》かに震え、瞳に涙が滲む。みっともなさに、今すぐ逃げ出したい衝動にかられた。静かに伊吹が目を開く。璃子は素早く涙を拭った。

「それで？」

伊吹が言葉を発した途端、すべての光の玉がパンパンと音を立て弾け飛んだ。

（わたしはまた失敗したのかもしれない……でも……）

今の璃子は、失敗を必要以上に恐れてはいない。もちろん、本気で逃げ出すつもりなどない。

「それで、どうするのだ？」

透明度の高い湖のような伊吹の目に見据えられ、璃子の心臓がドクンと鼓動した。

仕事を教えてくれた烏川の厚意を無駄にしたくない。境目の仲間の期待や応援に少しでも応えたい。

何より、これからもお客様の喜ぶ顔が見たい。笑顔をもらうことで、自分も元気になれるからだ。決して一方通行な奉仕ではない。幸せを循環させていくのが、おもてなしだ。

璃子は、しっかりと伊吹を見返した。

「や、やりなおします。おもてなしを、わたしのおもてなしをやりなおしたいです」

伊吹は小さく息を吐いた。

「努力と想像力と、そして思いやりがあれば、じゅうぶんなもてなしができるであろう。そなたなら、分かるはずだ」

「は、はい。頑張ります」

璃子は、伊吹がまだ自分をかいかぶっていることに戸惑いつつも、涙がこぼれずにすんで良かったと思う。

そこで伊吹が、すっと姿勢を正した。

「璃子、ひとつ頼みがある。その仕事を済ませたら、私の手助けをしてほしい。境目が、たまゆら屋が、大変なことになっておるのだ」

伊吹の真剣な表情に、璃子も手に汗を握る。

「神様がわたしに頼み？」

人間の自分に頼むくらいなのだから、よほど大変なことになっているのかもしれない。

「それ相応の礼はするつもりだ。なんなら、私の一番大切なものを璃子に授けよう」

「大切なもの？　そんな、滅相《めっそう》もないです。わたしにできることなら何でも聞きます！」

境目で何が起こっているのかと、ハラハラしながら次の言葉を待つが。

「それは良かった。ならば、続きをいただこう」

伊吹は平然と、さつまいもスティックをかじりはじめた。マイペースぶりに呆れてしまう。

（つまり、どういうこと？）

こんがらがった頭の中を、璃子は懸命に整理した。ある程度まとまったところで、これだけは言っておかなければ気が収まらないと、大きく息を吸い込む。

「のんびり食べている場合ですかっ!?　そういう大事なことはもっと早くに言ってください！」

さつまいもスティックを口にくわえたまま、璃子に気圧された伊吹は瞬《まばた》きを繰り返した。

神田様

この度は、ご宿泊ありがとうございました。

ごゆっくりお寛ぎいただけましたでしょうか。当ホテルでのお時間が、日頃の疲れを少しでも和らげておりましたら、幸いでございます。

神田様とのかかわりのなかで、古き良き日本橋の魅力を再発見できました。

お気づきの点をお教えいただいたことにも、感謝いたしております。

至らぬところもありましたが、次も真心を込めて精一杯のおもてなしをさせていただきたいと思います。

またのお越しを心よりお待ち申し上げます。


璃子は、何度も書き直した手紙にやっと封をした。もうすぐ穂華のチェックアウトの時間である。

穂華への最後のおもてなしは、手紙の中に込めた。

緊張して早口になるかもしれない。穂華が聞き取りにくいかもしれない。そう考えた璃子は、手紙を書くことにした。

褒められるような字は書けない。それでも心を込めて丁寧に、和紙の便箋にしたためた。子供のころ、「手紙を読むときは余白も読むものなんだよ」と、祖母が教えてくれたのを思い出す。

(伝わるといいな)

手書きの文字は、それだけで温かい。手紙となると、なおさらだ。

手紙の余白には、書かれなかった言葉がある。おせっかいかな、心配しすぎかな。ためらった一言が、きっとそこにあるはずだ。目に見えない思いやりも一緒に届くから、手紙は温かいに違いない。

(きっと、伝わる)

廊下のフラワーアレンジメントも低めに配置し直した。これからも車椅子のお客様がいらっしゃるときはそうするよう、スタッフにも伝言した。

先日、別のお客様から「おすすめのお土産」について訊ねられ、璃子は日本橋の老舗を紹介した。

璃子自身が和紙や海苔などの魅力を分かったうえで、おすすめしたのが良かったのだろう。外国人の友人へ贈るお土産を探していたお客様は、たいへん喜んでいた。

それもこれも穂華のおつかいのおかげである。

「楠木さん、お客様ですよ」

背後から烏川の声がして、璃子は顔をあげる。しかし、ロビーにはまだ誰もいなかった。エレベーターも動いていないのに、どこからお客様がやってくるというのだろう。

「えっ？　どこに？」

辺りを見回していると、壁の一部が歪んで見えた。見間違いかと、璃子は目をこする。どうやら歪んでいるのは壁ではないようだ。ぐるぐると目の前の景色が渦を巻き、歪んでいるのが時空だと気づく。

やがて渦の中から、ふさりと黒い立派なしっぽが見えた。しなやかな動きで飛び出してきたのは、黒い大きな犬だった。

「まさか、お客様って」

黒い犬は人の形へと姿を変える。

腰まで伸びる漆黒の髪を持つ、薄墨色の羽織を纏った美しい青年が現れた。

「犬神様！　どうして、こちらへ？」

ぴんと立った獣の耳と、大きな黒いしっぽを持つ犬神は、境目にある『たまゆら屋』のご贔屓《ひいき》様である。

「伊吹様に頼まれごとをされてね」

「だからって、こんなところに」

犬神の姿は普通の人間には見えないが、突然のことに璃子は慌ててしまった。そこで、烏川がすっと前に出る。

「犬神様、もしかして、次期社長を訪ねていらっしゃったのでは？」

じろり、と犬神が鋭い眼を向けた。

「噂《うわさ》の、烏か。そのとおりだ。伊吹様から、よろづリゾートの主人へ言伝《ことづて》を預かってきた。そして烏よ、その霊力、こちらではたいして必要もあるまい。神を持たぬと聞いているが、境目で働きたいのであれば、伊吹様を頼るといい」

「お断りします。興味ありません」

犬神の提言を烏川は即座にはねのけた。

「烏川さん、言い方！　伊吹様は皆から親しまれている神様ですよ？」

璃子は、断るにしても言いようがあるだろうとハラハラする。

「崇《あが》める神は自分で決める」

しかし、烏川が厳しい態度を緩めることはなかった。その様子を見て、犬神は小さく笑う。

「まぁ、良い。さて、そろそろ主人がやってくるかな」

「犬神様、主人とは？」

璃子が訊ねたと同時にエレベーターが到着し、中から穂華が現れた。ダンベルが入っているはずのボストンバッグを軽々と抱えている。

「あら、珍しい」

穂華はしっかりと犬神の姿を確認してそう言った。

「お嬢も立派になったな」

「もう小さな子供じゃないんですが」

穂華と犬神はどうやら旧知の仲であるようだ。

「ま、まさか？　主人って、神田様？」

驚く璃子に、烏川が説明する。

「よろづリゾートの新しいリーダー、神田穂華社長です。社長自ら、ホテルのサービスを覆面調査されていたのです」

(神田様が、よろづリゾートの社長？)

どうやら心の声が顔に出ていたようで、穂華は璃子に睨みをきかせる。

「何か、ご不満が？」

そこで烏川が軽く咳払いした。

「神田社長は、東京大学を卒業後、カーニー・アンド・カンパニーに入社。後に、ハーバード大学にてＭＢＡを取得されました。同企業を退社後は、ホテルをプロデュースする会社を立ち上げ、そしてこの度、よろづリゾートの社長に就任されました。当然、境目やカクリヨについても知見が深いお方です」

烏川の紹介に満足したかのように笑みを浮かべると、穂華は誇らしげに言った。

「犬神様どうですか。うちのスタッフ優秀でしょう？」

「その優秀なスタッフのうちの一人を境目へ戻すよう、伊吹様からお嬢に伝言を賜ってきた」

「烏川は渡せません」

「若女将の璃子を、と伊吹様は仰《おっしゃ》っている」

穂華はちらりと璃子を見る。緊張する璃子の表情はひどく硬い。境目に戻るのを許してもらえなかったらどうしよう、と不安もある。ところが。

「彼女でしたら、どうぞ。かまいません」

あっさりと許可され、璃子は拍子抜けしてしまうのだ。

（優秀なスタッフではないかもしれないけどっ……！）

璃子の心はすっきりしない。穂華にホテリエとして認められていないのもそうだが、これからの自分を見せられないのはもっと残念だった。

「チェックアウト、お願いします」

カウンターに穂華がカードキーを置いた。穂華の淡々とした態度に、璃子はやはり寂しさを感じる。最初は戸惑ったが、日本橋の老舗へのおつかいは良い経験になった。厳しいと思った穂華の言葉は、意識を改めさせてくれた。

（気づいてくれたかな）

せめて、フラワーアレンジメントの位置が変わっているのを、穂華が気づいてくれていたらいいと璃子は思った。

しかし、璃子のしてきたことはサービスであって、決して見返りを求めるものではないのだ。

（お客様の笑顔が見たいと思うのは、自己満足？）

璃子の中に迷いが生じかかったときだ。ふと、伊吹の言葉が蘇《よみがえ》る。

〝聞こえる声だけが、すべての声ではない〟

子供のころから璃子には不思議な声が聞こえていた。

ときに励ますように、ときになぐさめるように、語りかけてくる様々な声は、耳に届いたから聞こえたのではない。遠い記憶の中や、思い描いた空想の中から、心に直接届く声だった。他の誰も知らない。璃子にだけ聞こえていた声だった。

（あの声は、誰かの優しい心の声だ）

お客様に対する心は同じ。気負うことも迷うこともない。心の声をしっかり届けたいと璃子は思った。

璃子の手が、カウンターの引き出しにかかる。

（お客様の笑顔を、あきらめるわけにはいかない）

璃子は思いを込めて綴《つづ》った手紙を取り出し、穂華へ差し出した。

「お礼状でございます。お受け取りください」

穂華は少し驚いた顔をすると、ボストンバッグを置き、両手で璃子の手紙を受け取った。

そのとき璃子は、伝わった、おもてなしの心が届いた、と確信した。

「ありがとう。あなたも頑張って」

ふわりと穂華の表情が和らぎ、微かに笑みをたたえる。

「ありがとうございます！」

「とりなし。とりつくろい。たしなみ」

穂華の言葉に、璃子は耳を澄ます。

「おもてなしの語源、持て成すとは、間を取り持って成立させること。あなたには、境目の『たまゆら屋』とウツシヨの『たまゆら屋』、ふたつの宿の縁を大切に守っていってほしい。楠木さん、あなたならできる」

穂華は声を出さずに口を動かしながら、肘《ひじ》を張り、両手の拳を二回振り下ろす。

「ふたつの宿の縁……」

璃子の心に、明るい音色が響く。心に届いた音を、伊吹に早く知らせたい。はやる気持ちを抑えられない璃子だった。

弐　うららかランチボックス

お品書き

雲母《きらら》の箱詰

- ごま油香る焼海苔むすび
- テリヤキ豆腐
- はちみつ入り甘露《かんろ》卵
- 焼き豆腐ナゲット
- こんにゃくきんぴらペペロンチーノ風
- 海老とブロッコリーの洋風白和え
- きなこ干瓢《かんぴょう》ラスク

境目の『たまゆら屋』最上階にある六畳の和室で、璃子は荷物を解いていた。再びこの不思議な宿で、神様やあやかしたちと一緒に働くことになったからだ。

璃子が境目に旅立つ日、アパートを出たところで鳥の鳴き声が聞こえた。空に舞う鳥を見て、烏川が見送ってくれているような気がしたのをふと思い出す。

「さてと」

荷物と言ってもたいしたものはない。スーツケースの中には、下着とスウェット上下、それから洗面用具とメイクポーチが入っているだけだ。若女将の仕事で身に着ける着物や、宿のユニフォームは貸し出される。その他の日用品もほぼ揃っていた。

「わたし、またこの部屋に戻ってきたんだなぁ」

ユニフォームの作務衣を着た璃子は、ぐるりと部屋を見回した。

(伊吹様はお仕事中かな?)

最上階には事務所があり、宿を経営する伊吹と、秘書兼支配人のトコヤミがだいたい詰めている。

また、璃子の部屋と廊下を挟んで向かいは伊吹の居室だ。本丸御殿のような伊吹の部屋と比べれば、璃子の部屋はこぢんまりとしたものである。しかし、一人部屋にはじゅうぶんであるうえ、畳敷きであるのを璃子はとても気に入っていた。

(おばあちゃんの家みたいで落ち着くんだよね)

ちゃぶ台しかなかった部屋には、和箪笥《わだんす》や姿見が備えられた。どちらも『たまゆら屋』の大女将からの賜り物で、江戸指物《えどさしもの》という釘を使わずに組み立てた伝統工芸品である。

大女将のユリは、先代である今は亡き水神の奥方で、人間ながら百歳超えてもなお現役というスーパーウーマンだ。ユリが『たまゆら屋』にかける思いは強く、それゆえに従業員に対する態度はひどく厳しかった。

そんな大女将は、璃子を正式に若女将とは認めず、候補として扱っていたが——。

「大女将もいよいよ心を決めたのかしら。これは、嫁入り道具ですよね？　若女将を務める者は伊吹様の奥様でなくてはということに、一番こだわっているのは大女将ですもの」

青白磁色《せいはくじいろ》の着物を着た美女が、立派な箪笥をじっと観察しながら言った。銀白の髪には鈴の簪《かんざし》が飾られ、口元は朱色の布で隠されている。そして、頭には獣の耳。

彼女は白キツネのビャクだ。人の形に変化したときは可憐な女性の姿をしている。日本人成人女性の標準体型にケモノ耳とふわふわの尾がプラスされた、油断するとぎゅっと抱きしめたくなるようなビジュアルだ。

「となると、伊吹様との婚礼の準備もはじめなくてはなりませんし、一刻も早く疫病《えきびょう》が鎮《しず》まるといいですねぇ」

さらに、白い着物、白い髪、白い肌と、全身が雪のように真っ白な女性が憂鬱そうに言った。彼女は雪女で、名は雪《ゆき》という。雪も同じく白い口布をしていた。

「嫁入り道具？　婚礼？」

璃子は驚いて振り返るが、それどころじゃなかったのを思い直す。

カクリヨでは、あやかしだけが罹《かか》る未知の疫病が蔓延《まんえん》しており、正体が分からないそれを祟《たた》りと呼んでいた。境目の『たまゆら屋』においては、あやかしの従業員だけ厄除けに口布をしている。しかし、現時点では祈祷《きとう》もお祓《はら》いも功をなさず、スタッフを祟りから守るために、宿は当面の休業を決めた。

「わたしのことはともかく、トコヤミさんの具合はどうですか？」

夫であるトコヤミが病に伏し、ビャクはひどく気落ちしていた。

「ようやく熱は下がりましたが、祟りが伝染する恐れがあるため隔離されているんです。私、トコヤミと夫婦となってからこんなに長く離れたことがなくて……寂しくて寂しくて」

ビャクは着物の袖で目元を隠す。真似ごとだけで実際に泣いているわけではない。トコヤミはすでに回復に向かっているため、さほど心配はいらない。それでも璃子に境目にいてもらいたいビャクは、嘘泣《うそな》きで気を引こうとしているのである。

ビャクの魂胆《こんたん》を見抜いている雪は冷静だった。

「トコヤミ様も、長らく顔を見ていない奥方のビャク様をたいへん心配されているそうです。お世話をしている人間のスタッフがニヨニヨしておりました」

「ニヨニヨしちゃいますよね」

仲睦まじいキツネ夫婦を見ていると、璃子の顔もにやけてしまう。いつも凛然としたトコヤミだが、ビャクにはとても甘いのだ。

すると、ビャクが璃子のすぐそばに来て言った。

「璃子さんが帰ってきてくれて良かったですぅ。トコヤミがいない今、頼りになるのは璃子さんだけです」

「ひきこもりの伊吹様と旅行三昧の大女将は、もともと現場では戦力外ですからね」

雪は少々物言いが冷たいが、これは個性であって悪気はないのである。

「しばらくはこちらで働くつもりなので、よろしくお願いします」

璃子はぺこりと頭を下げる。

穂華に言われた『ふたつの宿の縁』を守るという役割を果たすため、璃子なりに精一杯努めるつもりだった。

そこへ、廊下から足音が聞こえた。

「失礼します!」

スタッフの一人、桜《さくら》の声だった。

「桜さん、どうしたんですか?」

璃子が襖《ふすま》を開けると、桜が思いつめたような表情で立っている。

「藤三郎《とうざぶろう》さんが体調を崩されまして……どうやら疫病のようです」

「藤三郎さんが！」

璃子は驚いて声をあげてしまった。藤三郎は従業員食堂の板長で、包丁の付喪神《つくもがみ》だ。だとしたら、あやかしの病に罹るのはおかしいような気がする。

璃子はビャクたちを振り返った。

「あ、あの、付喪神って神様じゃないんですか？」

「ええと、まあ、ご本人の前では言いにくいのですが、神様にはランクがありまして……藤三郎さんは神様というより、あやかし寄りかもしれません」

ビャクが眉尻を下げた。

「ですねぇ。それに普段は元気だとはいえ、藤三郎さんはそれなりにお年を召しておられますから、体力的な問題もあるのかもしれません」

雪も困り顔だ。

「藤三郎さんのことももちろん心配ですが、来月以降の宿泊予約もどんどんキャンセルが入っています。これでは営業再開できたとしてもお客様が……」

桜の訴えに、ビャクと雪がため息を吐いた。皆の気持ちがどんどん沈んでいくことに、璃子は焦りを感じる。

（宿を守らないと！）

考えるのも束の間、すぐさまひとつの答えに行き着いた。

「まずはこれ以上祟りが拡大しないように、調理場には人間のわたしが入ります」

人間の璃子が調理を請け負えば、あやかしたちにも安全な食事を供給できるだろう。

「任せてください。祟りに負けないよう、美味しいごはんで栄養をつけましょう！」

璃子が拳をあげると、皆の表情はぱあっと明るくなるのだった。

鏡のように磨き上げられたステンレスのシンク。棚には整列した調味料。調理器具はどれもピカピカと輝いている。それから、汚れのないガステーブルに清潔な冷蔵庫と、準備は万端だ。

整理整頓された空間は、広々として気持ちがいい。一見無機質なのに、誰かの手によって美しく整えられていることで、温もりさえ感じられる。

「久しぶりだなぁ」

腰巻きエプロンの紐《ひも》を正面で一文字結びにしながら、璃子は厨房を見渡した。料理人たるもの、身だしなみが大事。そう教えてくれたのは、今は病に伏している料理長の藤三郎だ。

　スタッフがエプロンの紐の結び方を揃えるだけで、すっきりと見栄えがよくなる。蝶ネクタイのようにかわいい一文字結びであるが、邪魔にならないうえに崩れにくいというのが利点だ。

「さてと」

　璃子は、厨房の真ん中で腕組みをして考え込んでいた。

　宿は疫病の流行により休業中だ。しかし、住み込みのスタッフの食事と、部屋に隔離中のトコヤミや藤三郎の病人食を準備する必要がある。

「任せてくださいとは言ったものの……」

　いつものように、イメージの中で『七珍万宝料理帖』をめくっていく。アレンジできそうな江戸料理のレシピはないだろうか。

（いや、待てよ）

　バン、と本が閉じられた。

「この状況で江戸料理にこだわる必要なくない？　ここには食材も揃っているし、滋養のつきそうなものをパパッと作るとしよう」

　早速食材を確認するため、璃子は冷蔵庫を開けた。すると。

「わーーーーっ！」

扉を開けた途端、ばらばらと何かが崩れ落ちてきた。冷蔵庫から飛び出さないように、璃子は両手でそれらを押さえつける。ところが、手の間からするっと、ひとつの塊がすり抜けて落下した。

「ひゃぁっ！」

足の甲にぐしゃっと何かがぶつかり、水飛沫《みずしぶき》が飛び散る。

「な、何、これ？」

床には、見覚えのある四角いポリプロピレンの容器。

璃子はなんとか冷蔵庫の扉を閉めて、足元の容器を拾い上げる。フィルムの端が破れ、中から水がこぼれ出ていた。容器の中には、形の崩れた豆腐。

「やっぱり、お豆腐だ。でもこの量は……発注ミス？」

冷蔵庫は豆腐でパンパンだ。まかないを作るにしてもあり余る量に、璃子は困惑した。しかし、たとえ発注ミスだったとしても、何とかして食材を無駄にせず使い切りたい。食材のロスを減らすためのまかないなのに、これでは本末転倒だ。

「藤三郎さん、豆腐で何を作るつもりだったんだろう……きゃっ！」

気づくと目の前に、知らない子供が立っていた。ふっくらした頬にくりっとした目が可愛らしい男の子だ。

男の子は頭に笠を被《かぶ》り、格子柄の着物を着て、下駄を履いている。そして口元には白い布。絹ごし豆腐とプリントしてあるフィルムの貼られた容器を手にしていた。

「はじめまして。その豆腐、どうし……だ、だめ！」

男の子が冷蔵庫の扉を開けてしまい、雪崩のように豆腐が流れ出る。

「うわああーーっ」

あっという間に床の上に豆腐の山ができ、璃子は頭を抱えた。なお男の子は、豆腐の山を見下ろして呆然と立ち尽くしている。

「ご、ごめんね、大声出して。びっくりしたよね？　でも大丈夫だよ。形の崩れていないものもあるし、崩れていても料理には使えるから」

璃子は腰をかがめて、男の子に微笑みかけた。

ところが、男の子はしばらく璃子の顔を見つめると、何も言わずにくるっと背を向けて走り去ってしまった。

「えっ……ま、待って。うわっ」

追いかけようにも豆腐の山が邪魔して進めない。

「驚かせちゃったかなぁ」

厨房を飛び出す男の子の背中に、璃子は申し訳ない気持ちになった。男の子の姿が見えなくなるのと入れ違いに、今度は雪が現れる。

「豆富小僧《とうふこぞう》がどうかしましたか？」

「豆富小僧？　今の男の子のことですか？」

「はい。最近うちで預かることになった子供のあやかしです。名前は紅葉《もみじ》と言います。あら、豆腐が大変なことに」

雪は床に山盛りになった豆腐を見ても落ち着いていた。

「もしかして、この豆腐も紅葉くんが？」

豆富小僧というからにはそうだろうと思いつつも、璃子は訊ねる。

「はい。常にどこかから豆腐を運んでくるんです。まぁ、そういう妖怪なんですが……。他に悪さはしないので勘弁してやってくださいね。千景《ちかげ》の遊び相手にちょうど良さそうだと思いましたが、生憎《あいにく》、その千景が病気で出てこられませんから、暇を持て余しているのかもしれません」

千景は、『たまゆら屋』のマスコット的存在で、座敷童子《ざしきわらし》の男の子だ。璃子のまかない作りを手伝ってくれるなど、慣れると人懐っこい子供である。

人間だったら五、六歳くらいの見た目である千景より、さらに紅葉は小柄だった。璃子は、そんな可愛らしい紅葉とも、すぐに仲良くなれそうな気がしていた。

豆腐を拾おうと、璃子は床に手を伸ばす。

「豆腐を使ったまかない料理を考えますから大丈……あっ」

そこへ再び、紅葉がすたすたとやってくる。豆腐の山から顔を覗かせ、木綿豆腐とプリントされた容器を璃子へと差し出してきた。

「また、豆腐……」

いつも冷静な雪も少々呆れているようだ。

「ありがとう。でももう豆腐はたくさんあるから、これ以上いらないよ？」

しかし、紅葉からの返事はない。

璃子は仕方なく受け取ろうとしたが、運悪く紅葉の手から豆腐が滑り落ち、床へびしゃっと落ちてしまった。

「きゃあ！」

璃子が声をあげると、紅葉はすぐさま厨房から駆け出していく。逃げ出すような紅葉に、「ああ」と璃子は肩を落とした。

「怖がらせちゃったかな？　早く仲良くなれるといいけど」

「紅葉は言葉を持たないあやかしなので、いつもあんな感じですよ。千景と遊ぶときもただ後ろを追いかけるくらいで。私たちも努力はしましたが、どうにもコミュニケーションを取るのは難しいようですね」

雪はいつものように無表情のまま淡々と告げた。

「言葉を持たない？」

「ええ。元から持たないので、伝えたいことも特にないようで。ただ豆腐を届けるだけです」

「ただ豆腐を届け……わっ」

唐突に、ぴょこんと笠が目に入る。いつの間にか戻ってきた紅葉が、またしても豆腐を差し出してきた。

（これ、いつまで続くの？）

璃子は困り果ててしまう。いらないと言っても言葉は伝わらない。しかし、受け取れば、また別の豆腐を持ってきてしまう。

（だけど、受け取らないのもかわいそうだし）

やむを得ず、璃子はゆっくりと手を伸ばした。しかし、またしても受け取る直前で、あえなく豆腐は床へと落下する。

「う……」

再び声を上げそうになったところで、璃子は慌てて口元を押さえた。そこへ――。

「何をしておるのだ」

「えっ、わ、今度はこっち！」

ビクリとして声のするほうを振り返る。璃子の背後から、何の前触れもなく伊吹が現れたのだ。神様は、やはり神出鬼没である。

「豆富小僧よ、こちらへ来い」

伊吹は璃子の前に出ると、厳しい顔つきで紅葉を手招きした。紅葉は素直に、伊吹のそばまで歩みを進める。

「伊吹様、叱らないであげてくださいね。悪気はないんですから」

顰《しか》めっ面の伊吹に、璃子はハラハラした。

「璃子はもう豆腐はいらぬそうだ」

そう言うと、伊吹はひょいと豆富小僧を抱え上げる。思いがけない行動に、璃子は目を瞬かせた。

「分かったか？　もう豆腐はいらぬ」

紅葉は黙ったまま、伊吹の顔をじっと見つめている。意外にも、伊吹は子供を抱き慣れているようだった。

「豆腐はいらぬ。良いな？」

伊吹の声色が優しくなった。すると紅葉は、こくん、と頷く。

璃子は思わず、心の中で歓喜の声をあげる。雪も小さく拍手をした。

（やった！）

「さすが、伊吹様です。紅葉が言葉に反応したところを初めて見ました」

そう言って、雪が小さく拍手をした。

伊吹は紅葉をそっと床に下ろした。しかし紅葉は首を振り、伊吹の脚にまとわりついて離れない。

「今度はなんだ？　腹が減っておるのか？」

伊吹の言葉に頷きまではしないものの、紅葉はもじもじとする。どうやら本当にお腹が空いているようだ。

「り、璃子、何か食べるものをっ。よせ豆富小僧、くすぐったいぞ」

紅葉に袴《はかま》の上から顔をすりすりされ、伊吹は動揺しているようだった。

「はーい。少々お待ちください」

(微笑ましいなぁ)

伊吹と紅葉の様子に璃子は思わず笑みを浮かべる。

(伊吹様のこういうところいいんだよねぇ)

紅葉に甘えられ困惑しているところも、伊吹らしい。

(ずっと見ていられるよ)

神様とは思えない、人間味溢れる様子にほのぼのする。なのに一瞬、心がチクリと痛んだ。璃子は驚いて、思わず胸を押さえる。

(何だろう？)

幸せな光景を見ながら、切ない気持ちにもなるなんて不思議だ。

理由は分からないながら、心に刺さった棘《とげ》はなかなか取れずに、璃子をもやもやとさせるのだった。

璃子は高足膳を手に、伊吹の居室へ向かってしずしずと廊下を進んでいく。同じようにお膳を運ぶ紅葉が璃子の後ろを歩いていた。まかない料理を作り終えた後は、若女将として神様の食事を用意し、一緒にいただくのも仕事のうちだ。

（豆腐料理のレパートリーは、けっこうあるんだよね）

今日のメニューは豆腐料理だ。

豆腐と言えば、高タンパク低カロリーの健康食。そのうえ、値段もお手頃で手に入れやすい。一人暮らしの璃子の食卓にも、頻繁《ひんぱん》に登場していた食材だ。

（レシピ帖がなくても問題なし）

本日のお膳は、一切『七珍万宝料理帖』を思い浮かべることなく、璃子が作り慣れている料理が並んでいた。

控えの間に入ると、膝をついてお膳を置く。璃子は自信たっぷりに「お食事のご用意ができました」と、襖の向こうへ声をかけた。

「入るがよい」

「失礼いたします」

璃子は襖を開けて中へ入ると、伊吹の前にお膳を並べた。その背後で食器がぶつかり合う激しい音がする。

「わっ！」

驚いて振り返れば、ひっくり返ったお膳と倒れ込んだ紅葉が目に入る。

「大丈夫か？」

璃子より先に、伊吹が紅葉へと駆け寄った。ところが紅葉は、何ともなかったように立ち上がり、一目散に逃げ出してしまう。

「こら、豆富小僧！」

伊吹が声をかけても、振り向きもしなかった。

「伊吹様、すみません。紅葉くんには、お膳が大きすぎたんだと思います」

紅葉が配膳をしたがったため、任せたのだが。

「もう、紅葉ったら……お膳を落とすのこれで何回目かしら」

そこへお膳を手にした桜が現れる。

「何度もこんなことが？」

璃子が訊ねると、桜は呆れたように言った。

「はい、何度も、です。それでも手伝いをさせるようにと、藤三郎さんに言われていましたから、やらせてはいるんですが。念のため代わりのお膳を運んで来たら、案の定でした」

「そうだったんですか」

「片付けは私がやりますので、璃子さんは伊吹様のお食事の準備をお願いします」

桜は璃子へお膳を渡すと、素早く襖を閉めた。

「紅葉くん、怪我《けが》がなければいいですが」

「むむ……」

お膳に載った料理を見つめ、伊吹が眉を顰めている。その様子に璃子は困惑した。

「も、もしかして、お豆腐が苦手とか？」

「そうではない。奇妙な……いや、個性的な献立に少々驚いただけだ」

伊吹は慎重に言葉を選ぶ。

「奇妙？」

冷奴、湯豆腐、麻婆豆腐、豆腐チゲと、どれも豆腐料理の定番だ。療養中のあやかしにはあっさりした冷奴や湯豆腐を、がっつり食べたいスタッフには麻婆豆腐と豆腐チゲも付けた。味付けはどれも間違いないはずだ。しかし。

「組み合わせがどうにも……まぁ、良い。いただくとするか」

伊吹はどこか納得できない様子で箸を取った。

それでも、豆腐が嫌いでなければ、どれも美味しく召し上がっていただけるはずだ、と璃子は期待の眼差しを向ける。

（お口に合いますように）

しかし、伊吹は終始無言で食事を続けた。そろそろ「美味い」の一言が出てもいいはずなのに、伊吹の口から一向にその言葉は出てこない。大広間に二人きり、静かな時間が流れていく。

「馳走《ちそう》になった」

そしてとうとう、伊吹は箸を置いてしまった。

（それだけ？）

璃子も同じ料理を口にしたが、特に問題はなかった。ちゃんと、冷奴は冷奴であるし、麻婆豆腐は麻婆豆腐だ。何がいけなかったのかさっぱり分からない。ついさっきまで弾んでいた心は、すっかりしおれてしまう。

そこへ、廊下から足音が響いた。

「失礼します！」

ビャクの元気の良い声がして、襖が勢いよく開く。

「何だ。食事中に騒々しい」

伊吹は顔を顰めた。伊吹の注意も気にせずに、ビャクはさっと璃子の前に正座する。

「璃子さん、これはどういうことなんですかっ！」

ビャクの口布がふわっと浮いた。

「どっ、どういう？　なっ、何がですか？」

その剣幕に、璃子は心臓をバクバクさせる。

「今日のお夕飯は、豆腐だけなんですかっ？」

「は、はい。豆腐料理、ダメでしたか？」

「ダメ、というわけではないんですけど」

璃子とビャクは、顔を突き合わせたまましばらく黙り込む。

「その……いつもの璃子さんの料理とはどこか違うというか……美味しいのは美味しいんですが、普通、なんですよね」

ビャクはそう言うと、気まずそうに視線をそらした。

「ふ、普通……？」

璃子は動揺を隠せない。

「ええ、まぁ、それぞれは普通なんですけど、普通が集まるともう飽き飽きして……ええと、だから、その……」

璃子の表情がどんよりしていくのを察したのか、ビャクは言葉を濁した。

「普通……飽き飽き……」

璃子はビャクの感想を復唱しながら、ダメージを負っていく。

「あっ、明日はお豆腐以外がいいなー。何だかまたお腹空いてきました。お茶漬けでも食べようかしらぁ」

言いたいことだけ言ったあと、ビャクはそそくさと下がってしまった。

「普通……飽き飽き……」

食品ロスを減らそうと、豆腐ばかりの献立にしてしまったのは、やりすぎだったのだろうか。しかし、まさか味付けにまで問題があったとは思わなかった。一人暮らしでも、できるだけ自炊してきた璃子である。料理の腕もあがっていると自負していた。

「あ、あの、伊吹様はいかがでしたか?」

二人のやりとりを前に目を瞑り、ひたすら沈黙を守る伊吹も気にかかる。

「ううむ……」

「わたしのためだと思って、はっきり言ってください」

「璃子がそう言うのなら」

伊吹は、ちらり、と片目を開けて璃子の様子を窺った。

「まぁ、そうだな。可もなく不可もなく、といったところだ」

「普通ってことですか……」

「不味くはないのだから、いいではないか」

「良くないです。わたしは、伊吹様に心から美味しいと思って召し上がってほしいから……良くないです。申し訳ありませんでした」

璃子は深々と頭を下げた。

「だから、誰も責めてはおらぬ。もう良いだろう？」

「良くないです」

すぐには納得できそうにない。一生懸命作ったのにどうして、という言葉を危うく口にするところだった。

「どうした？」

「何でもありません」

素直になれずに唇を噛む。

「頑張ったのになぜ、皆褒めてくれないのだ、と言いたいのだな」

「…………」

言葉にせずとも、伊吹はお見通しのようである。

（はっきり言ってほしいのは料理のことなんだけど！）

図星を指され恥ずかしくなり、璃子は膝の上で手を握りしめた。

一人前になったところを皆に見せたかったのに、空回りしてしまった。今さらレシピ帖など見なくても、美味しい料理を作れると思っていた。

我ながら子供っぽさにがっかりだ。

「レシピ、見れば良かったのかな」

ぽつり、と璃子は言う。

「そうだ。見ればよかったのだ」

「えっ？」

「思い込みがあったのだろう？　料理上手はレシピを見ない、そう思ったのだろう？」

いつもどおりの伊吹である。決して厳しい口調ではなかった。それなのに璃子は、やはり素直になれずにいた。

「で、でも、プロの料理人はレシピを見ながら調理はしませんよね？　長年の経験によって培《つちか》われたカンで味付けしますよね？」

「熟練した者たちはそうかもしれぬ。しかし、料理において大事なことは何だ？　レシピを見ずに料理できること、なのか？　今日の料理は豆腐だけだった。いつもの璃子の料理に使われている〝あるもの〟が足りなかったようだな」

「あるもの？　私はただ、久しぶりのまかない料理でも、食材が豆腐だけでも、皆の期待に応えられる料理を……」

そこで璃子は、一瞬息を止める。

料理への期待が大きくなればなるほど、自分を必要とされていると強く感じられ嬉しかった。その反面、プレッシャーも感じてしまった。がっかりさせたくない、認めて欲しいという気持ちが、急激に膨らんだ。無意識だとしても、自尊心を満たすための料理をしていなかっただろうか。

（料理において大事なことは何？）

様々な思いが、心の中で渦巻いた。

「私は……ただ……」

（伊吹様に「美味い」と言ってもらいたかった）

璃子は、足りなかった〝あるもの〟が何なのか必死に考える。

いつもなら、料理するときは食べてくれる人たちの笑顔を思い浮かべていたはずなのに、今日の厨房では、ただひたすら山盛りの豆腐を調理するだけで精一杯だった。


――他人を思いやることは、自分を大事にすることと同じ。


ふと、どこかから声が聞こえた気がした。さらに、誰かに見られているような気がして、璃子は辺りをきょろきょろと見回す。

「どうかしたのか？」

「ええと、視線を感じて」

「不穏なものか？　何かあれば祝詞《のりと》をあげるように」

不審がる伊吹に、璃子は首を横に振った。

「そんなあやしい感じじゃなくて、どちらかというと温かいような……あっ」

ああ、そうか、と璃子は納得する。温かなものと言えば、それはきっと――。

「分かりました。私の料理に足りなかったものは……真心です」

料理において何より大事なものは真心だ。

豪華じゃなくても、時間がなくても、忘れてはいけないものだった。プロの料理人でない璃子でも、当然必要なものだった。

美味しくなるように心を込めることが、最高の調味料になる。大事なことを忘れていたと、璃子は軽くため息を吐いた。

「伊吹様はやはり神様なんですね。わたしが言葉にしないことも全部分かってしまう。紅葉くんとも心を通わせることができたし。やっぱりわたしとは違うんだな……」

素直になれない理由はここにあった。珍しく伊吹から、「私の手助けをしてほしい」と頼まれ、舞い上がっていたのかもしれない。

(わたし、神様の役に立てるのかな)

一人のときよりも、伊吹を前にしたときのほうが、気弱になるのはどうしてだろう。

「私が神であるのは、当然のことだ」

伊吹の言いようは相変わらずだった。

「それでもそなたは、いつの世でも……いや、璃子は思い違いをしておるのだ」

「思い違い？」

「言葉はもっと広く、深い」

伊吹の言葉は、漣《さざなみ》のように優しく穏やかに、寄せては返す。

「広くて、深い……」

「璃子ならば分かるであろう。森羅万象《しんらばんしょう》に耳を澄ませよ」

伊吹の低く澄んだ声が心に染み入ってくる。やがて漣だった言葉たちは大きな波となり、璃子を呑み込んでいく——かのように感じられた。

（耳を……澄ます……）

璃子はそっと目を伏せる。そうすることで、感覚が研ぎ澄まされる気がしたからだ。

（わたしにも分かる？）

璃子の知る主な言葉は、書き言葉や話し言葉である。しかし、コミュニケーションを取る方法はそれだけではないはずだ。

例えば、スマホのアプリで連絡を取り合うときでさえ、イラストのスタンプだけで、相手に気持ちは伝えられる。

（わたしが使っているものだけじゃないのかも）

言葉やコミュニケーションの手段は他にもあるはずだ。

ふと、ウツシヨの『たまゆら屋』で、穂華がしていた動作を思い出した。軽く握った両手を下に向かって二回ほど振る動きだ。そのとき、穂華の口が微かに動いていた。

璃子は、イメージの中で穂華の口の動きを真似てみる。

(が、ん、ば、ろ、う?)

あのとき、穂華は「頑張ろう」と口にしたのではないか。

あの動作は、頑張ろう、という意味の手話だったのかもしれない。

(きっと、そうだ)

言葉はもっと広く、深い――璃子が普段使っている言葉だけではない。言葉は、海のように広くて、深いのかもしれない。

知らないだけで、コミュニケーションを取る方法は他にもたくさんあるはずだ。

「言葉は……言葉こそ、真心だ」

璃子はぱちりと目を開けた。

「わ、わたしも、紅葉くんと、もっと話がした……わっ」

気持ちの昂《たかぶ》りとともに勢いよく立ち上がった璃子は、うっかりお膳に足をひっかけてしまった。慌てたところで、畳の上で足が滑る。

「危ない!」

伊吹は素早く飛び出し、よろける璃子の体へ向かって腕を伸ばす。

お膳が倒れ、陶器の皿や小鍋が散乱し、鍋に残った湯が飛び散った。大広間の畳は散々

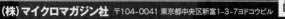

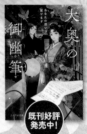

な状態になる。

どん、と璃子は尻もちをついた。しかもそこは、伊吹の膝の上。

「す、すみません！」

「そそっかしい若女将だ」

璃子の背後で、伊吹が深いため息を吐いた。

「怪我はないか？」

「はい。伊吹様が助けてくださったので」

「良かった……私の目の前で璃子に何かあったらと思うと……」

こつん、と璃子の肩に伊吹の額が当たる。伊吹のほうが動揺していることに、璃子は戸惑った。

「あ、あの、重たくないですか？」

抱きかかえられるようにして伊吹の膝に乗っているこの状況は、さすがに耐え難い。

「重たくはない」

そこで顔を上げた伊吹と、ばっちりと目が合う。

（ち、近い！）

伊吹のスキンシップにはいい加減慣れた、つもりだった。神様のすることだ。深い意味はないに違いない。

（紅葉くんを抱きあげたのと同じ感覚だよね？）

しかし、肩越しに伊吹と目を合わせていると、恥ずかしいような、くすぐったいような気持ちになってきた。

「神とて万能ではない。いつでも守ってやれるわけではないのだ。しっかりと自己防衛せよ」

むすっとした表情なのに、声は優しい。すっかり調子が狂ってしまう。何ともしれないふわふわした感情に、璃子はむずがゆさを覚えた。

「か、神様って、万能じゃないんですか？　神様なのに？」

「璃子の思う神とは、どういう存在だ？」

「何でも願い事を叶えてくれて、強くて頼りがいがあって、無敵で……それから」

「伝奇やファンタジーの世界観だな」

伊吹は冷静にそう言うと、璃子を畳の上にぽいっと置いて立ち上がる。

（伝奇？　ファンタジー？）

璃子はぽかんとして伊吹を見上げた。

「そうして都合よく創造された我らは、人々の理想や願望を裏切らないよう、厳しい下積みを経て神様デビューしてもなお、５００グラム単位で体型を維持するなどのストイックな日々を続け、人気が出たら出たでプライベートもろくになく、バカンスでもないのに街中でサングラスをするはめになるのだ」

「えっ？　下積み？　神様デビュー？」

（何の話？　神様って体重やスタイルが関係あるの？）

どこかの国のアイドルのような話に璃子は面食らってしまう。

「ともかく、神にも色々事情があるのだ。いつも見守ってやれるわけではない。しかも璃子は若女将（仮）という立場だ。ただでさえそなたは無防備なところがある。容易《たやす》く鳥に手なずけられるなどもってのほか。もっとしっかりするように。こんなことでは、安心して旅に出ることもできぬ」

（カッコカリ？　手なずけられる？）

大女将から一人前と認められていないのは分かっていたが、伊吹にまでそんな風に思われているとは心外だ。

「まあ、璃子の寂しい気持ちも分からぬでもないが」

「寂しい？　そんなこと言いました？」

「と、とにかくいつまでもふらふらせず、私だけを信じておれば良い」

「ふらふら？」

「つべこべ言わず、私のそばで若女将として働けば良いと言っておる。それで、何も心配はいらぬだろう」

「つべこべ？」

（黙って俺に付いてこい的な!?）

神様とはいえ、あまりにも上からな物言いに、璃子は我慢できなくなる。

「わたしの神様は伊吹様だけと言いましたが、それはあくまでも信仰においてです。伊吹様の手助けなどなくても、社会生活は人並みに営めます。これでも大人ですから、心配無用です！」

「璃子、落ち着くのだっ」

伊吹は璃子を鎮めようと両手を前に出す。しかし、璃子はかまわずまくしたてた。

「伊吹様がいなくてもわたしは平気です。どうぞ旅行でもバカンスでもリゾートでも行っちゃってください。伊吹様は神様かもしれません。それでも、どちらか一方が守るだけとか守られるだけってフェアじゃないですよね？　わたしだって、守ります！　伊吹様や『たまゆら屋』を守ってみせます！」

璃子は素早くお膳を持ち上げると、呆然とする伊吹を残したまま、「失礼します」と大広間を出ていった。

✿

厨房の大鍋には、おつゆに浸かって醤油色に染まったとろとろの豆腐が半丁。

朝食は、ほうじ茶で炊いたごはんの上に、煮込んだ豆腐を載せた〝とうめし〟だった。豆腐の味噌汁とお新香付。

「これでだいたい豆腐は消費したかな」

何とか冷蔵庫の豆腐を使い切ることができ、璃子はホッとしていた。伊吹に大見得を切った手前、まかない作りも頑張らねばならない。

「真心はしっかり込めたし」

〝とうめし〟は、朝からぺこぺこにお腹を空かせたスタッフたちに好評だった。

甘辛いつゆがたっぷり染み込んだ豆腐は食欲をそそり、ごはんと一緒になることで幸福感が倍増する。ボリューミーながら、朝からぺろりといけてしまう美味しさだ。

「さて。次はお昼ごはんだ」

やっと豆腐料理から脱却できると思っていた矢先、後ろから指でつんつんされる。

「わっ、どうしたの？」

振り返ると、紅葉が璃子を見上げていた。手には空のお茶碗。とりあえず、豆腐は持っていないようだ。

「もしかして、おかわり？」

紅葉はごくんと生唾を飲む。うんともすんとも言わないが、璃子には紅葉の様子から何となく伝わってきた。

(言葉はもっと広く、深いか……)

「お茶碗貸してね」

璃子は紅葉の茶碗にごはんをよそい、そこへ甘辛いつゆでひたひたになった豆腐を載せ、さらにつゆを回しかけた。

「食堂まで一緒に行こうね」

璃子がお茶碗を載せたトレイを運ぼうとすると、しきりに紅葉が手を伸ばしてくる。

(嫌な予感しかしない)

「紅葉くんには重たいだろうから、わたしが運ぶよ?」

そう言ったところで、紅葉はあきらめようとはしなかった。何度も飛び跳ねて、璃子からトレイを奪おうとする。

「は、はいはい。分かったよ。渡すから、こぼさないようにね」

璃子はトレイが傾かないよう、慎重に紅葉に手渡した。ところが、勢いよく紅葉が璃子の手からトレイを引き寄せたため、茶碗は滑って宙に舞う。予感通り、大惨事目前だ。

「うわー!」

必死で手を伸ばすが、璃子の手は茶碗に届かない。

(もう駄目だ!)

陶器の割れる音をイメージし、咄嗟に顔を両手で覆いそうになったとき、黒い何かが目の前を過ぎった。

「えっ？」

床に落下する寸前で茶碗を受け止めたのは、全身黒ずくめの、しなやかな肢体を持った男性だった。朱色の口布をした彼は、茶碗を手にしたまま素早く数メートル下がる。

伊吹の眷属でありビャクの夫、頼りになる黒キツネのトコヤミだ。人に変化している彼は、モデル並みに目を引くスタイルと容姿をしていた。

「トコヤミさん、大丈夫ですか？」

「念のため、それ以上近づかないでください……ゲホッ」

トコヤミは璃子の動きを制するように、片手を前に出した。病み上がりなのに、相変わらずの機敏な動きには驚かされる。

「は、はい。ありがとうございます。紅葉くんも、ありがとう、しようね」

璃子は紅葉の背後にまわり手を取った。

「これで、伝わるよ」

いただきます、のように紅葉の手を合わせる。

「ありがとう。ほら、ね？」

すると、璃子の手首にぽたりと水滴が落ちてきた。驚いて覗き込むと、紅葉のくりっとした瞳から、涙の粒がぼろぼろこぼれ出す。

驚いたのだろうか。それとも、叱られたと思ったのだろうか。

「紅葉くん、ごめん。怒ってないからね」

璃子は紅葉を抱きしめる。その拍子に、紅葉の頭から笠が落ちた。小さな体は小刻みに震えている。

（分からない……）

璃子には紅葉の涙の理由が分からない。紅葉ともっと話がしたいと思う自分は、間違っているのだろうか。璃子は混乱しながら、紅葉の体をさする。

そしてトコヤミは無言で二人を眺めていた。

どうして、と璃子は心の中でつぶやいた。

（どこにも言葉が見つからない……）

震える紅葉をただ抱きしめることしかできない自分が悔しい。

「本当にごめん。ごめんね」

声をあげることなく涙を流し続ける紅葉が切なくて、璃子の目にも涙がじわりと浮かぶのだ。

やがて、泣き疲れた紅葉は璃子の腕の中で眠ってしまった。

「わたしの部屋に連れていきます」

璃子はトコヤミにそう告げると、紅葉を抱いて食堂を出た。

紅葉程度なら、璃子でも何とか抱えることはできる。とはいえ、十八階まで運ぶのは一仕事だ。

（筋トレ必要かも）

何とか紅葉を抱いて部屋に戻ると、ビャクと雪が待ち構えていた。トコヤミに事情を聞いていたようだ。

「お布団敷いておきましたよ」

雪が小声で言った。

「お疲れさまです」

ビャクも心配そうにしている。

紅葉を布団に寝かせたところで、緊張の糸が切れた璃子の瞳にふわっと涙が浮いた。

「あ、ごめんなさい。何でもないんです」

慌てて涙を拭うが、二人にはしっかり見られてしまった。

「紅葉はここに辿り着くまでに、色んなところを転々としてきたようなんです。親もおらず、ずいぶんと苦労をしたようです。まだ子供なのに不憫《ふびん》でなりません」

ビャクが嘆くように言った。

「転々と？」

璃子は目を見開く。まだ小さな紅葉に、そんな辛い過去があるなど想像もしなかった。

「はい。転々と」

いつもと違い、ビャクの眼差しは真剣そのものだ。

「最初は、日向《ひゅうが》の国にいらっしゃる大豆の神様が紅葉の面倒を見てくださっていましたが、訳あって身を隠されてしまったんです。それから日向の国では、不作続きで大豆が取れなくなってしまいました。そんな中で、貴重な豆腐を勝手に運び出す紅葉を、皆が忌み嫌うようになり、国から追い出してしまったのです。それまでは、紅葉の豆腐は美味しいと評判だったそうですが。本当に残念なことです。大豆の神様は紅葉の件をご存じありませんでした。恐ろしい神殺しに狙われ、それどころじゃなかったので」

「神殺し……？」

璃子はビャクが口にした物騒なワードにゾッとしてしまった。

「はい。私も詳しくは分かりませんが、この世には神を傷つけることのできる恐ろしい何かがいるようなのです。大豆の神様と片時も離れずにいた紅葉は、もしかしたら何か知っているのかもしれませんが、お話ができませんし」

ビャクの声は切なげである。

「あの子はあの子なりに、役に立とうと頑張っているみたいです。そうしなければ、また捨てられるかもしれないと思っているのでしょう」

雪も悲しそうだ。

璃子の胸もぎゅうっと締め付けられる。幼い子供が、大人を気遣って頑張る姿を思い浮かべ、過去の自分とシンクロさせてしまったせいだろう。

「そ……そうだった……んですね」

泣くまいと思ったのに、璃子の声はすでに涙声だった。

璃子は日向の国に思いを馳《は》せた。すると不思議なことに、紅葉が見ただろう光景をイメージすることができた。

意外にも強面《こわもて》の大豆の神様が、軽々と紅葉を抱いて、広々とした大豆畑をのそりと進んでいく姿が見えた。安心しきったような紅葉の表情に、二人の信頼関係が読み取れるようだった。

なのに、紅葉は一人ぼっちになってしまった。どれほど悲しかっただろう。

もちろん、それは璃子の想像でしかない。

それでも、紅葉の気持ちならば、少しは分かる気がした。

すでに璃子の父親は亡くなっており、たった一人の家族である母親は、再婚して新しい家族と暮らしている。就活に失敗し派遣社員になった璃子だが、すぐに契約は終了してしまった。あの頃の璃子には、頼る人も、帰る場所も、なかった。

伊吹に見初《みそ》められ、『たまゆら屋』へ招かれてからも、自分の居場所を守るために必死だった。

自分を必要とされないことほど、怖いことはない。

きっと紅葉もそうに違いない。

気持ちが分かるだけに、璃子は余計に辛くなるのだった。

「わたし……も、紅葉くんと、お話がしたいんです。どんな言葉だったら……通じるのかなぁ……」

璃子は涙で濡れた顔をごしごしと腕でこすった。

「璃子さん……」

ビャクが眉尻を下げる。

「ご、ごめんなさい。二人の前だと気が緩んでしまって」

涙を見せたことを恥じる璃子の気持ちを知ってか、雪が優しく肩を撫《な》でた。

「紅葉も璃子さんも、一人で頑張る癖がついてしまったんですね」

そばにやってきたビャクは、璃子の手にハンカチを握らせた。

「いつも甘えてばかりでごめんなさい。私たち、璃子さんが大好きなんです。だから璃子さんも、私たちにもっと甘えてください」

璃子は「はい」と涙声で言った。

「人間の璃子さんだけに任せるわけにはいきません。感染対策を徹底すれば、私たちあやかしもお手伝いできることはあるはずです」

心なしかいつもより雪の物言いは柔らかだった。

（言葉って温かいな）

そう感じるのは、璃子が二人に対して心を開いているせいだろう。

きっと言葉は、受け取る側の心持ちによって温度を変える。心を許した相手からの優しい言葉は、よりいっそう温かになる。

大事な人たちと心の距離が近づいていると分かり、璃子は嬉しくなった。

（もう一人じゃない）

璃子の心が孤独だったのは過去のことだ。今は仲間もいるし、新しい家族とも仲良くやっている。ときには心もとない夜を過ごすこともあるけれど、たまにはそんな日もあるのかもしれないと、さほど気にはしていない。

（もうわたしは大丈夫……だよね）

僅かな懸念を打ち消すようにさっと顔を上げ、璃子は二人を交互に見る。

「ビャクさん、雪さんも、ありがとう。あっ！」

璃子はそう言ったあと、時計が午前十一時をまわっているのに気づいた。

「大変だ！　お昼のまかない作り、手伝ってもらえませんか？　早速こき使ってすみません」

璃子はカラッとした笑顔になる。愛想笑いはいらない。そんな関係が心地よい。

するとと、ビャクと雪が顔を見合わせた。

「今泣いた烏がもう笑う」

驚いたように雪が言い、

「今泣いた社畜がもう働く」

と、ビャクは目を丸くするのだった。

✿

「どうしてっ!?」

厨房の冷蔵庫を開いた璃子は、棒立ちになる。そこには、朝食に使ったはずの豆腐が、またしてもぎゅうぎゅうに詰め込まれていた。

「まぁ、豆腐がまだこんなに。あらーおからまで」

雪が呆れたように言った。

「紅葉の仕業でしょうか？」

ビャクも困り果てたような顔になる。

「こうしてお豆腐を運んでくることも、紅葉くんにとってはお手伝いなのかもしれません」

驚きはしたものの、璃子は少しもダメージを受けてはいなかった。一人であれば途方に暮れるところだろうが、今はビャクや雪がいる。仲間がいれば何とかなると思ったからだ。

「大丈夫です。先人の千恵をお借りすれば、きっと」

イメージの中で『七珍万宝料理帖』をぱらぱらとめくっていく。江戸時代も豆腐は貴重なたんぱく源だったため、レシピも豊富だ。

（どれも、アレンジしがいがありそう）

むすびとうふ、すり流し豆腐、横雲《よこぐも》とうふ、霰《あられ》豆腐——様々な豆腐料理とともに、ふと、弁菊のお弁当が頭に浮かんだ。

（お弁当、美味しかったな……）

こってりして、食べごたえがあって、それでいて懐かしい味。

「……ひらめいた」

璃子はパンと両手を打つ。

休業中の『たまゆら屋』では、現在従業員の多くがやむを得ず自宅待機となっている。宿で働いているのは住み込みのスタッフ十人程度。

「お弁当にします！」

「お弁当？」

ビャクと雪が同時に復唱する。

「はい。感染のリスクを減らすため、しばらくは、元気なあやかしさんたちも自室で食事をとってもらいましょう。そうなると、お膳よりお弁当箱のほうが運びやすいですよね。紅葉くんにも手伝ってもらえると思います」

祟りの実態は分からない。それでもできる対策はやっていきたい。

璃子の提案に、二人も明るい表情になっていく。

「時短のために、豆腐の水切りをレンジでやりたいと思います。雪さんお願いできますか？」

豆腐を鍋で茹《ゆ》でる水切りの方法を、レンジで代用するのだ。お弁当に使うため、水切りはしっかりしたい。

「はい。かしこまりました」

雪はすぐさま手洗いをはじめた。

「ビャクさんはお弁当箱になりそうなものを準備してもらえませんか？」

「お花見のときに用意した、使い捨ての容器がまだ残っているはずです」

ビャクも腕まくりをする。

「手が空いたら、お二人は塩むすびを握ってください」

璃子の続けざまの指示に圧倒されながらも、ビャクと雪は揃って「はい！」と返事をした。

璃子も手洗いと消毒を済ませ、さらに調理用の手袋を着けた。エプロンの紐もしっかり一文字結びだ。マスクも着用し、準備は万端である。

「さてと。まずは卵」

璃子にとって、お弁当のおかずと言えば卵焼きだ。

そこで、『七珍万宝料理帖』の江戸料理、『甘露卵』をアレンジすることにした。卵を甘露だしで溶いた卵焼きである。

（江戸時代の卵焼きも甘かったんだなぁ）

璃子の思い出の中にあるのも甘い卵焼きだ。

「甘露だしは、だしに砂糖や醤油で味付けしたものだけど、時間もないし簡単甘露だしにしよう」

璃子は棚からはちみつを取り出す。

「トコヤミさん、まだ咳こんでたし」

喉に良さそうなはちみつを白だしに加え、璃子の特性甘露だしができた。溶いた卵に、甘露だしを注いで混ぜ合わせ、熱した卵焼きフライパンに卵液を流し入れる。

「焼き目が付きやすいから気をつけないと」

砂糖やはちみつは焦げやすいため、いつもなら弱火でじっくり焼いていくところだが、急いでいることもありいつもよりやや強めの火で焼いていく。端からくるくると巻くのを数度くりかえせばできあがりだ。

「香ばしくて美味しそう」

こんがり焼き色が付いた分厚い卵焼きは、見るからに食べごたえがありそうだ。口の中でじゅわっと広がる甘いだし、外はしっかり中はふんわりの食感、想像するだけで胃が動き出す。

(ああ、お腹空いてきた)

「ええと、それから……こんにゃく、こんにゃく」

江戸時代のレシピ、『蒟蒻《こんにゃく》の煎《い》りだし』は、ごま油でこんにゃくを炒《いた》め、赤唐辛子を入れ、だしで味付けした、きんぴらのようなものである。璃子はこんにゃくのきんぴらを洋風にアレンジすることにした。

フライパンにオリーブオイルを熱し、にんにくと赤唐辛子を入れる。そこへアク抜きして細切りにしたこんにゃくを投入。醤油で味付けしてできあがりだ。

(はぁ、いい匂い)

にんにくの香りが食欲をそそる一品となった。

「璃子さん、水切り終わりました」

ちょうどよいタイミングで雪から声がかかる。

を焼く。

「豆腐料理を一気にやっつけます」

水切りした木綿豆腐をひと口サイズに切り分け、片栗粉をまぶして、フライパンで両面を焼く。

（崩れやすいからそーっと）

醤油とみりんを混ぜ合わせたものを回しかけ、煮詰めていく。とろみのついた甘辛いタレがしっかり絡まったら皿に取り、青のりを振りかけ色味を足す。

艶やかなタレは、あっさりした豆腐を濃厚なおかずに変えた。青のりの風味も加わって、美味しさがワンランクアップするはずだ。

「よし。てりやき豆腐はこれでオッケー。次は……焼き豆腐ナゲットにしよう」

江戸料理のレシピ『たたき豆腐』は、叩いて潰した焼き豆腐に味噌を加え油で揚げたものである。璃子は『たたき豆腐』に鶏ひき肉を加えチキンナゲットにすることにした。

（つなぎは片栗粉で）

混ぜ合わせたタネをスプーンで掬い、熱した油の中に入れ、カラッと揚げる。はちみつ、粒マスタード、マヨネーズ、味噌をほど良い塩梅《あんばい》で混ぜた、味噌マスタードソースを添えた。

「紅葉くんも気に入ってくれるといいなぁ。そして、お次は」

璃子は水切りした絹ごし豆腐をボウルに入れ、泡立て器で潰しながらくるくる混ぜていく。そこへ、味噌、醤油、砂糖をあらかじめ合わせて置いたものを入れ、さらに撹拌《かくはん》する。

「クリームチーズも入れて、洋風白和えにしよう」

すり鉢で豆腐をすり潰すのが一般的な白和えの作り方である。璃子は、泡立て器を使って、素早く豆腐を潰そうと考えた。そうすることで食感もなめらかになり、これはこれで面白い白和えとなる。

冷蔵庫には豆腐と一緒に生おからもあったはずだ。璃子はおからを炒って白和えに加えた。

「茹でた海老とブロッコリーを投入」

クリームチーズによってコクが出た白和えは、海老とブロッコリーに合うはずだ。

(ビャクさんも雪さんも、気に入ってくれるはず)

「美味しそうです〜。ああ、お腹空いたー」

案の定、おにぎりを握りながら、ビャクが覗き込んできた。

「焼海苔にごま油を塗って炙《あぶ》ってください。海苔は、塩むすびに巻いてくださいね」

焼き立て海苔の美味しさにすっかり魅了された璃子は、少しでもあの味に近づけたいと思った。

「何個でも食べられそうですね」

雪の声も僅かに弾んでいる気がする。

「美味しいですよ。お楽しみに」

(伊吹様も喜んでくれるかな)

璃子は、たっぷり真心を込めたお弁当を、早く伊吹にも口にしてもらいたいと思った。

けれど。

「あっ！」

(喧嘩《けんか》してるんだった！)

昨夜、言い合いになってしまったのが気まずくて、伊吹の朝食は他のスタッフに任せてしまった。なので、伊吹と今日は一度も顔を合わせていない。

「伊吹様っていっつも上からなんだもん……って、神様だからか……それに」

伊吹の言うことはだいたい正論だ。だからこそ、簡単には素直になれない。

(人間に悩みも迷いもなければ、神頼みなんかしないっていうの！)

璃子は気持ちを切り替えるために、ほんの数秒だが瞑想《めいそう》する。

(あとはおかずをさまして、詰めていくだけ……)

念のため、もう一度冷蔵庫の中を覗いてみた。

「これで豆腐はほとんど消費できたよね」

そこで、奥のほうにそれまで気づかなかった保存容器を見つける。

「何だろう。藤三郎さんが仕込んでおいたのかな？」

容器の蓋を開けると、水戻しされた干瓢が入っていた。

「干瓢だー」

江戸時代から栽培されていたとされる干瓢は、今も巻き寿司の具として定番だ。

「何かに使えないかな」

璃子は頭の中に『七珍万宝料理帖』を思い浮かべた。江戸の街や文化を描いた浮世絵が、古い映写機で映し出されたかのような味のある色合いで、次々と浮かんでは消えていく。

（幕の内弁当にも入ってたんだ）

芝居の合間に食べることから始まった『幕の内弁当』であるが、当時のお弁当に、干瓢がおかずとして入っていたようだ。

「そうだ、デザートにしよう！」

璃子は干瓢をよく絞って小麦粉をまぶし、油で揚げた。そこへ、きなことグラニュー糖をふりかけ馴染ませる。

「キラキラしてる」

たっぷりかけたグラニュー糖が光を受けて煌めくのを見て、璃子は微笑んだ。

「雲母がまぶしてあるみたい。これが干瓢だなんて」

雪が感心したように言う。

「干瓢のラスクです。きなことグラニュー糖をふりかけました」

干瓢が思いがけずときめくデザートとなり、璃子も満足だった。

「璃子さーん、もうお腹がペコペコです」

ビャクが泣きそうな声を出す。

焼海苔を巻いた塩むすびもできあがったようだ。

「お弁当容器に詰めていきましょう」

真心のこもったお弁当の仕上がりを想像して、璃子はわくわくするのだった。


『手洗い、消毒、忘れんなよ！』

手足の生えた包丁がぴょんぴょん飛び跳ねながら、扉の向こうに消えていった。彼は包丁の付喪神、藤三郎だ。今日は一般的なサイズの包丁の姿をしていたので、いくらかかわいらしかった。

たまに包丁の姿のまま、人間の大人くらいにまで巨大化するため、近づくときは用心しなければならない。板前として厨房に立つときは、たいてい人の形をしているので問題はないが、発言は常に鋭い刃物のように手厳しい。

そんな藤三郎が今日は非常に甘かった。

「藤三郎さん、喜んでたね」

藤三郎の部屋の前で、璃子は紅葉の頭を撫でた。返事はないものの、紅葉の表情はどこか満足げに見える。

きっと藤三郎に、『紅葉もしっかり手伝いができるようになったな』と褒められたからだろう。病に伏していた藤三郎も、ずいぶん元気になったようで一安心だ。

「紅葉くん大活躍だったね」

紅葉はすべてのスタッフの部屋に、お弁当を届けることができた。ときどきバランスを崩しそうになったものの、お膳のようにひっくり返すことはなかった。

そんな紅葉の頑張りが、璃子も誇らしかった。

「紅葉くんもお腹空いたよね？　一緒にお弁当食べようか？」

住み込みスタッフの部屋がある十七階には、従業員食堂がある。食堂と言っても小上がりの和室にちゃぶ台と座布団が並ぶ、かつて家族団らんの中心だったお茶の間のような部屋だ。

（おばあちゃんの家を思い出すなぁ）

祖母が暮らしていた田舎の母屋《おもや》は、鮮やかな色彩とともに記憶に刻まれている。キラキラしたチェッカーガラスの引き戸。背板の花柄がかわいい水屋。銀色のたらいの中で泳ぐ夏祭りで買った赤い金魚。生い茂る木々が作る光の波紋。夏の夜空に咲くダリアのような花火。

そして、祖母の明るい笑い声や柔らかな手の感触――。

(今でもはっきり思い出せる)

古いものに璃子がときめくのは、温かくて懐かしくて優しいと感じるからだ。古いものは、色んな人の思いとともに、長い時間を過ごしたからではないだろうか。


――思いやりが大事だよ。


どこからか、声がしたような気がした。どことなく、祖母の声に似ていた。

祖母の面影はもう遠い記憶の中にしかないのに、璃子は思わず後ろを振り返ってしまう。

しかし、そこにいるのは小さな紅葉だけだ。幻影を見たり幻聴を聞いたりすることは、日常茶飯事である。だから、あえて気にしない。

璃子は二人ぶんのお弁当をちゃぶ台に並べ、紅葉を手招きした。

「紅葉くん、こっちにおいで。いただきます、しよう」

お腹が空いているのか、紅葉は急いでやってきた。待ちきれないというように、パルプで作られたクリーム色のお弁当容器を開ける。ラップに包まれたおにぎりと数々のおかずに紅葉の目が輝く。焼海苔はパリパリ感を味わえるようにまだ巻かれてはおらず、保存袋の中だ。

「いただきます」

向かいに座った紅葉に向かって、璃子は手を合わせて見せる。しばらくもじもじしていたものの、璃子と同じように紅葉は手を合わせた。

(やった!)

紅葉と意思疎通できたことが嬉しくて、璃子はにんまりとする。

(お腹空いてたんだね)

「おにぎりはこうやって海苔で巻いてね」

璃子が塩むすびに焼海苔を巻いて見せると、紅葉も真似をした。上手に焼き海苔を巻いたあとは、一心不乱におにぎりにかぶりつく。

「美味しい?」

璃子が訊ねると、紅葉は上目遣いになる。しかし、ただじっと璃子を見つめるだけで、返事はなかった。

璃子はなんとなしに片手を頬に添えた。

「美味しい?」

紅葉は黙ったままだ。

「邪魔してごめんね! 気にせず食べて食べて」

すると、すっと紅葉の手が動く。璃子がしたように自分の頬に手を添えて、数度瞬きした。それは、間違いなく美味しいの合図である。

「美味しい？　美味しかった？」

璃子はもう一度手を頬に添えて微笑んだ。

「これ、〝美味しい〟のサインにしようか？」

すると紅葉はこくんと頷いた。

「色んなサイン作ってお話ししようよ。わたし、紅葉くんといっぱいお話ししたいな」

璃子は身振り手振りを加えて、紅葉と会話がしたいという気持ちを伝える。それは穂華の手話や、プレゼンするときのジェスチャーのようにスマートじゃない。璃子のボディランゲージは、頭を振ったり両手をばたばたさせているだけで、傍から見れば意味不明だった。ところが。

紅葉は甘露卵をぱくっと口に入れ、頬に手を添えた。そして、口をにーっと横に開き、目を細める。

「えっ、卵も美味しかった？　わーい！」

璃子は両手を振り上げバンザイした。色んな表情を見せてくれる紅葉に嬉しくなったからだ。

（紅葉くんに言葉はちゃんとあるよ）

璃子が普段使っている言葉とは少し違うけれど、工夫をすればちゃんと伝わる。気持ちを込めればきっと伝わる。

璃子は紅葉から、言葉の波が押し寄せてくるのを感じていた。


――もっと、おはなし、したい。


そんな風に、言葉の波音は聞こえてきた。璃子は紅葉の気持ちを受け止めながら、言葉は想像よりずっと広くて深いのを思い知る。

そして紅葉は、干瓢ラスクをもぐもぐしながら、ぴょんぴょん飛び跳ねたり、くるくる回ったりとはしゃぎだす。よほど気に入ったようである。

「あはは。そんなに美味しかったんだ。でもちょっとお行儀が」

そこで激しく食堂のドアが開いた。

「こらぁ！　食事中に遊び回るとは何事か！」

そこへ現れたのは大女将のユリである。

「若女将（仮）がいながら、こんなことでどうする」

じろりと睨まれ、璃子は竦《すく》み上がった。見た目は小柄で可愛らしいが、宿で一番恐ろしい存在だ。

「す、すみません！」

璃子は反射的に謝罪したものの、大女将の様子を盗み見る程度の余裕はあった。

（今日はお着物がいつもより華やかだなぁ）

カラフルな大小の水玉が散ったモダニズム柄の着物に、璃子は密かに胸をときめかせる。フロントからサイドまで大きなウェーブが作られたショートヘアも、レトロな雰囲気にぴったりだ。文明開化時代を思わせる着こなしにリアル感があるのは、百歳超えの大女将ならではかもしれない。

「紅葉、食事中はお行儀よくするのがマナーですよ」

紅葉はユリに叱られたところで少しも表情を変えず、璃子のほうがハラハラしてしまった。

「マナーっていうのはね、思いやりです。周囲の人への気配りです」

言葉以上にユリの存在に圧倒された紅葉は、大人しく食事を始めるのだ。

よく見れば、ユリも璃子が作ったお弁当を手にしている。

「私は人間だから、感染の心配はないでしょう」

ユリは璃子たちのちゃぶ台までやってくると、自分のお弁当を広げた。どうやら一緒に食事を取るようだ。

（うわぁ、緊張するよー）

璃子は笑顔を引きつらせる。

「はぁ。また変わったものをこしらえたものだ」

ユリは感心とも呆れともつかない声をあげた。慎重にお弁当を見回したあと、海老と白和えの洋風白和えを口にする。

「思ったより水っぽくはないね」

「はい。実は、乾煎りしたおからを混ぜています」

白和えは時間が経つと水分が出るため、お弁当向きのおかずではない。そこで璃子は、おからに水分を吸わせることにしたのだ。

璃子は、どきどきしながら、ユリの様子をうかがう。

(口に合えばいいけれど……)

しかしすぐさま、ユリは箸を置いた。

「ところで、りこ……いや、璃子だったね。ウツショと境目を行ったり来たり、どういう了見だ」

ユリに、正しく名を呼ばれ、身が引き締まる思いがした。

名前は、その人を示す最も端的なものだ。どんな言葉も、他の誰でもない自分に向けられたことを、否定できない。

璃子は、責任の重さを改めて実感する。

「そ、それは」

戸惑いながらも、ユリをしっかり見返した。

「若女将になるつもりなら、腰を据えて境目で働くべきです。あちこちふらふらされては、下につく者たちにも示しがつきません。璃子を嫁にと望んでおられる伊吹様にも失礼ですよ」

ユリは厳しい口調で言った。

璃子は「でも……」と、反論する。

「お仕事と結婚は別ですから」

「今更、勝手なことを」

もとは伊吹と夫婦になるという条件で、若女将としての仕事や衣食住を与えられたのである。それが、この宿のルールなのだ。勝手と言われればそうかもしれない。

「そ、そうですけど、だいたい、わたしが神様のお嫁さんになるなんて、分不相応《ぶんふそうおう》というか……」

「それで焦っておるのか」

「焦って？」

「早く一人前になりたいと、そう、顔に書いてある」

璃子はドキリとして両手で頬を押さえた。向かいで紅葉も同じように両頬を手で押さえ、にっと口を横に広げた。何かのサインと誤解したようだ。

「そ、そうじゃなくて。これは、違うの」

慌てる璃子に、紅葉は首を傾げる。

(わたし、焦っていた?)

自分のペースで頑張ろうとしていたはずなのに、認められたい、一人前になりたいと、いつの間にか気がはやっていたのは本当だ。

「璃子、勘違いしてはならないよ。神と対等になろうなどとは考えないことだ。人は寿命を生きるだけ。神に嫁入りしようとも、それは変わらない。もちろん、神の御加護を賜るのだから、多少の幸いはあるはず。それでも、我らの知恵や命は借りもので、いつかお返しするもの。おごってはなりません。伊吹様のおそばにいたいのならば、受け入れることだ」

(受け入れる?)

伊吹のそばにいたいのか、と問われても、璃子は答えを持ち合わせていなかった。

今、伊吹は、大広間にたった一人で、お弁当を広げているところだろうか。意地を張って伊吹の助けなどいらないと口にしたことに、後悔がないと言えば嘘になる。

しかし璃子には、すべてをただ受け入れることなど、到底できそうにない。

(わたしは、もうあきらめたくない。仕事も未来も自分で決めたい)

宿の仕事にやりがいは感じているものの、結婚となれば話は別である。

ただ、〝マナーは思いやり〟という、ユリの言葉も気にかかる。境目のマナーやルールを、璃子の一存で覆《くつがえ》すのも正しいこととは思えない。

「神様のことや『たまゆら屋』のしきたりについては……まだ、よく分かりません」

璃子は小さく頭を振った。紅葉もやっぱり真似して同じように頭を振る。

「いずれ、分かるだろう」

人間でありながら水神に嫁いたユリは、粛々《しゅくしゅく》とそう言うのだった。

✿

その日、璃子は見送りのために、『たまゆら屋』の地下にある車寄せのそばに立っていた。地の色が淡いベージュ色の縮緬《ちりめん》の小紋に、縞模様が特徴的な薄灰色の博多帯を合わせ、若女将らしい姿である。

着付けは雪がしてくれた。今日だけは特別に、つまみ細工の桜の髪飾りも着けている。離れても思い出せるようにと、伊吹が授けてくれた、大切な髪飾りだ。

そこへ現れた、ブルーのワンピースに麦わら帽子を被った女性が、スタッフの桜であることに璃子は驚いてしまう。いつもの作務衣《さむえ》でない桜が、別人のように見えたからだ。

「わぁ。三人とも、すごく可愛い」

桜と一列に並ぶのは、同じくスタッフの菫《すみれ》と梅《うめ》だ。どこに行くつもりなのかは不明であるが、それぞれ素敵な装いである。

菫は黒のワイドパンツにベージュのパンプスを合わせた大人っぽいデートファッション、梅はウィンドブレーカーにショートパンツと幾何学柄《きかがくがら》のレギンスをコーデした登山スタイルだった。彼女たちはそっくりの顔立ちをした、三つ子の姉妹である。

「旅行は久しぶりなので」

「私たちもついはりきって」

「おしゃれしてしまいました」

まるで卒業式の贈る言葉のように、三人の息はピッタリだった。

ところが、期待に胸をふくらませる三人とは対照的に、後からやってきた伊吹は憂鬱そうな表情である。黒紋付き羽織袴姿の伊吹は、大きなスーツケースを左手に、右手には後生大事に枕を抱えていた。

璃子は伊吹に礼をする。これから旅立つ伊吹には、少しでも気分良くいてほしい。喧嘩は一旦お預けと、璃子は心からの言葉をかける。

「伊吹様、どうぞお気をつけて」

礼装した伊吹はとても立派で、見慣れたはずの璃子でさえ見惚れてしまいそうだった。

しかし、枕が変わると眠れないとゴネられたのには、さすがに閉口してしまう。

伊吹は枕を梅に渡すと、璃子の前までやってきた。さりげなく璃子の手を取り、神妙な面持ちで言う。

「宿のことは頼んだぞ。私が出張の間、何かあればトコヤミを頼るように」

伊吹はこれから出雲に出張し、大事な会議に出席しなければならない。通常ならお供にトコヤミを連れて行くところだが、今年は三つ子に白羽の矢が立った。

「は、はい。それはもちろん、です」

璃子は手を引っ込めようとするが、さらに強く握られてしまう。

桜たちはその様子をニヤニヤしながら眺めていた。

「トコヤミさんは病み上がりですし」

「あまりお願いするのも」

「気が引けますね」

桜たち三つ子も宿のことが気がかりのようである。

「うむ。そう云うだろうと思い、すでに手は打ってある」

伊吹は璃子の手を握ったまま、三人を振り返った。

「あの、伊吹様、そろそろお迎えの車が参りますので、手を離してください」

璃子は我慢ならずにはっきり言った。さっきから、手を握り合う二人へ注がれる三つ子たちの視線が気になってしょうがないのだ。

「恥ずかしがることはない。これは、まじないのようなもの」

「まじない？」

「こうして、璃子に神気を届けておる」

「な、なるほど。こうすることで、わたしに何か不思議な力が宿ったりするのですね？」

「宿りはせぬが、守られるであろう」

「禍《わざわい》や邪気《じゃき》を祓ってくれると？」

「悪い虫から守ってくれる」

「悪い虫？」

「輩《やから》やナンパ師などだ」

「はっ？」

ポカンとする璃子の背後から、ビャクがひょっこり顔を出す。伊吹の見送りに駆けつけたようだ。

「伊吹様は、自分が留守の間、愛しい璃子さんに悪い男が言い寄ってこないだろうかと心配されております。神気を届けると言いながら、実は璃子さんの手を握りたいだけなのです。照れ屋でいらっしゃいますので、愛情表現が少々面倒くさいのでございます」

「い、いちいち解説するでない！　行ってくるぞ」

ビャクに口を出され機嫌を悪くしたのか、伊吹は璃子の手をやや乱暴に離すと、くるりと背を向ける。しかし、ふわりと舞う煤色の髪の間から、赤く染まった耳が見えたことで照れていると分かり、璃子まで気恥ずかしくなるのだった。

閑話

お江戸日本橋七つ立ち——と、民謡で歌われているように、江戸時代は暗くなる前に宿に着けるよう、夜明け前に旅立つのが通例であった。

しかし昨今の旅は違う。出発したばかりであっても、車窓の外は明るく鮮やかだ。連なる家々、遠くに見える山。あっという間に都心から離れ、景色は大きく開ける。

(往来手形《おうらいてがた》も簡易になったものだ。チケットレスか)

伊吹は、感慨深げにスマホをしまった。現代の旅は、昔と違って高速で移動できる。もちろん、神である伊吹ならば、神通力で目的地へ移動することも不可能ではない。トコヤミとの二人旅ならば、きっとそうしただろう。

(しかし、お供は人間の三つ子だからな)

桜・菫・梅の三人娘は、座席に身を預けぐっすり眠っている。揃いも揃って、昨夜は興奮して眠れなかったらしく、新幹線が出発すると気が抜けたのか爆睡してしまった。

「せめて飛行機であれば……」

伊吹はぼそりとつぶやく。

飛行機ならば、羽田《はねだ》から一時間半もあれば、目的地の最寄り空港である出雲縁結び空港に到着するはずだ。ところが、桜が高所恐怖症のため、今回は新幹線の旅となる。しかも、三つ子に請われて実体化しているせいで、消耗が激しい。

「力を使うと、腹が減るな」

伊吹の目の前には、新幹線の形をした弁当箱がある。三つ子が旅の記念にとあえて「新幹線弁当」を選んだのだ。

しかし、弁当を口にする前から感傷的になる。

（璃子の飯が恋しい）

しょんぼりしながら、伊吹は新幹線弁当の蓋を取った。

「こ、これは……！」

おかずは、唐揚げ、ウインナー、卵焼き、フライドポテトにポテトサラダと盛りだくさん。ごはんは豪華なチキンライスだ。デザートにひと口ゼリーも付いている。

「まさに、お子様ランチ」

僅かにわくわくしながらも、喜んでいいのかどうか伊吹は迷った。

（こんなことではしゃいでは、まるで子供ではないか）

伊吹は、タコの形になったウインナーを箸でつまんで持ち上げる。

「いや、しかし、これはなかなか美味そうな……」

「おじさんのおべんとうも凛《りん》といっしょー」

「お、おじ……」

通路を挟んだ反対側の座席から、女の子が弁当を覗き込んでいる。豆富小僧の紅葉よりもっと小さな女の子だ。髪をふたつ結びにして、ラベンダー色の大人っぽいよそ行きのワンピースを着ていた。

「……待て、私が見えるのか！」

「見えるよー。凛もしんかんせんのおべんとうだよ」

(そうだ、実体化していたのだ)

凛という名の子供の足元に、温かな光を見つけ、伊吹はこほんと咳払いをする。

「犬を飼っているのか」

「もうかってないよ」

唐突な質問にも、凛は動じなかった。それどころか、わくわくしながら、次の質問を待っていた。

凛の両親は疲れているのか、三つ子同様に深い眠りの中だ。どうやら凛は、退屈しているようである。

「りん、という名前なのか」

「うん。そうだよ」

「良い名だな」

「おじさんの名前はなあに？」

「私の名は、伊吹だ」

伊吹は、凛の両親を起こそうとして、あえてはっきりと大きめの声で答えた。

「どこに行くの？」

「出雲だ」

「いずもってなあに？　どこなの？」

「現代でいう島根県《しまねけん》だ」

「ふうん。りん、よく分からない。ごめんね」

しかし一向に、凛の両親が起きる気配はなかった。

「まだ子供なのだから、知らずとも気にすることはない」

伊吹の言葉に、凛はにっこり笑った。

「ええとね。じゃあ、いぶきくんは何歳？」

「質問攻めだな。もうおしまいだ」

伊吹は話を終えようとして、弁当に再び視線を戻す。一刻も早く何か美味しいものを口にしなければ、人の形を維持することができなくなりそうだった。

「いぶきくん、冷たーい」

「…………」

「ねえ、ねえ、いぶきくーん」

「…………」

「凛のこれ、お誕生日プレゼントにママが作ってくれたの」

凛は腕を伸ばして、手首に着けたビーズのブレスレットを見せてきた。

「かわいいでしょう？」

先ほどから凛を見守っていた光が、眩しいほどに輝きを増す。

「あぶないっ！」

座席から身を乗り出した凛へと、慌てて伊吹は手を伸ばした。その際、背面テーブルに膝が当たり、衝撃で弁当が浮きあがる。

「おっと！」

(今は、弁当より子供だ)

伊吹は、凛が通路に落ちそうになるところを、間一髪、受け止めた。

「大丈夫か、りん？」

「ありがとう。いぶきくん」

伊吹に抱き上げられた凛は、嬉しそうにぴったりと体をくっつけてくる。

「ほら。おとなしく座っているのだ」

「いやだー」

「離れろ」

「だめー」

「よっこらしょ」

伊吹は凛をひきはがすと、座席へとやや強引に座らせた。

「凛、どうしたの？」

娘の異変に気づいた母親が、目を覚ましたようである。

「あのね、あのね、いぶきくんが……あれ？」

しかし、もう凛の目に、伊吹の姿は映らなかった。

「いぶきくんって誰？」

凛の母親も、三つ子たちの座席を眺めながら、不思議そうな表情を浮かべていた。

「伊吹様、お弁当は死守いたしました」

新幹線弁当を手にした桜が言った。

「ですが、もうお体が透明化していますよ」

菫は困ったように言った。

「これではせっかくのお弁当が食べられませんね」

梅は残念そうに言った。

いつから目を覚ましていたのか、三つ子たちは伊吹を気の毒そうに見つめている。

「我らのごちそうは、食事に込められた思いだ」

そう言うと、伊吹は半透明になったタコさんウインナーを口へと放り込んだ。しかし、新幹線弁当の中には、まだ手付かずのウインナーが残っている。唐揚げに、卵焼きと、次々に箸を付けるが、やはり物体は減らなかった。

それでも、色んな命は、伊吹を通じて昇華していく。

「いただきまーす」

通路を挟んだ向こう側で、楽しそうに弁当を食べる小さな凛の姿を見て、伊吹は満足そうな表情を浮かべた。

「お弁当の残りは私たちがいただきますね。神様とお食事をシェアすると幸せになれるといいますし」

桜がありがたそうに手を合わせた。

「伊吹様って案外と子供に慣れていますよね。ふふっ」

菫が含み笑いをした。

「以前のご結婚では、もしかしてお子さんも?」

梅が興味深そうにしていた。

「我が子を抱くことは、残念ながら叶わなかった。しかし、嫁が次から次に身寄りのない子供をもらってきたので、大家族だったときもある。いつも食卓にはたくさんの料理が並び、子供たちが競うようにもりもりと食べていた。あれだけの量を毎日作るのは、大変な仕事だっただろう。しかし、少しも嫌な顔をせず……」

そこで、伊吹は言葉を切った。

(いつも笑顔で飯をよそっていたな)

にぎやかな食事の風景は、決して色褪《あ》せることはない。悠久の中でひときわきらめく特別な時間だ。

ふと気づけば、周りで三つ子たちがにやにやしている。

「な、なんだ？」

伊吹は気味が悪くなって身構えた。

「伊吹様のお話を聞いていると、私たちまで幸せな気持ちになります」

三つ子は「ねー」と声を揃えた。

「どのような奥様だったんですか？」

三つ子は期待で目を輝かす。

「……忘れたな」

しかし伊吹は、そっけなく答えるのだ。

「えぇー」

三つ子は揃って不服そうな声をあげた。

「疲れた。ひと眠りする」

座席に深く沈み込み、伊吹は目を閉じる。三つ子たちがぶつぶつ言うのが耳に届いたが、もうかまわなかった。

(忘れたことなどない)

伊吹は、心の中でつぶやく。

とはいえ、忘れられずに再び巡り逢う日を待っていた、とまではさすがに言えない。神は神で、色々と思うところがあるのだ。

(昔々、我らが出会っていたのだと話したら、璃子はどんな顔をするだろう)

伊吹は、璃子の前世を知っている。

とはいえ、悪戯《いたずら》に口にすることはできない。思い出してほしいが、思い出してほしくない。すぐさま伊吹は、複雑な心境になる。

(璃子は璃子であって、他の誰でもない)

伊吹は、かつて自分を慕って、「そばに置いてほしい」と願った、璃子にそっくりな娘のことを思い浮かべる。

すると思いがけず、ひどく懐かしい気持ちになった。そして同時に、深い後悔にも襲われた。

笑顔だけを思い出すことはできない。痛ましい姿までも蘇り、胸が張り裂けそうになった。

幸せな日々を思い出すことは、辛い記憶を呼び覚ますことでもある。だから伊吹は、璃子に前世を思い出してほしくないとも思うのだ。

(思い出せばきっと、宿命にとらわれるだろう)

璃子が過去と同じ運命を辿ることを、何より伊吹は恐れていた。だからこそ、過保護だと言われようが、璃子を心配してしまう。

神は万能ではない。

神は曖昧《あいまい》な存在だ。

人というものは、己が信じたいものを信じて生きている。

それぞれが信じたものを、神と呼んでいるにすぎない。

だから神も、さまざまな個性を持って生まれる——。

それらはある意味、たびたび人に執着してしまう伊吹の言い訳でもあった。

(不甲斐《ふがい》ない……)

伊吹は、自分が不完全な神であることを、誰よりも承知していた。

大女将が伊吹を崇め奉《たてまつ》りながらも、完全に信用しない理由も分かっている。

危うい神を信じろというほうが無理な話というものだ。

(信者を失った神は、どうなるのか)

もちろん、答えは分かっていた。ただ、無になるだけだ——伊吹の姿がゆらりと揺れる。まるで、消えかけた蝋燭《ろうそく》のようだ。

そこでふと、伊吹は璃子の言葉を思い出す。

——私の神様は伊吹様だけですよ。約束します。忘れたりしません。いつも心に思っています。


闇の中にふわりと、新たな明かりが灯るようだった。

その言葉を頼りに、揺らぎかけた自分の形を、伊吹は何とかウツショにとどめる。

「ごちそうさまでしたー」

元気な凛の声がし、伊吹は目を開けた。

「凛、たくさん食べられてえらいね」

「ブロッコリーも残してないな」

両親に褒められて、凛は嬉しそうだ。

「もうすぐ駅に着くから、降りる準備しないとね」

「じいじとばあばが楽しみにしてるぞ。凛の誕生日プレゼントも用意してくれてるってさ」

父親の言葉に、凛は「わーい」と手をあげた。そのあとで、不思議そうに首を傾げる。

「どうして、おたんじょうびおめでとーするの？」

「凛が生まれてきてくれたことが嬉しいから、お祝いするんだよ」

母親が優しい笑顔で言った。

「ふーん」

「パパたちは、凛が元気でいてくれるだけで、めでたいんだ」

父親に頬をさすられ、凛はくすぐったそうに肩をすくめる。

三つ子たちも、ほのぼのとした家族のやりとりに目を細めていた。

あともう一人、凛を見守る存在に、とっくに伊吹は気づいていた。一人、というのは、正しくない。もう一匹、というのが相応《ふさわ》しい。

凛の足元に伏せる老犬もまた、凛がこの世に生まれてきたことを両親同様に喜んでいるようだ。だからこそ、命が尽きたあとも、温かな光となり見守っているのだろう。

（そうか、そろそろ旅立ちのときか）

頼りなく揺らぐ老犬の形は、その場にとどまるのがやっとで、今にも消えてしまいそうなほどに儚《はかな》いものに見えた。

(私が見送ろう。さあ、行くがいい)

伊吹が語りかけると、老犬は安心したように目を閉じる。温かで柔らかな光は、最後に一度だけ輝きを増したのち消滅した。

(私の仕事ではないが、まあいいだろう)

光が消える前、伊吹は老犬の思い出をいくつも見た。

噴水の公園に転がるサッカーボール。

庭先のかたつむりと雨のにおい。

玄関に投げ捨てられたランドセル。

ごちそうと家族の団欒《だんらん》。

花畑や、枯れ葉の道。

陰っていく窓辺。

優しい手の感触。

生まれたばかりの赤子の泣き声。

(尊い景色ばかりだ)

家族が笑っているとき、犬は嬉しいと感じていた。

家族が泣いているとき、犬は悲しいと感じていた。

家族がそばにいるとき、犬は安らぎを感じていた。

名前を呼ばれ、「お前も家族の一員だよ」と言われたとき、大きな幸せを感じた。

体が動かなくなっても、この家で皆と一緒にいたいと願った。

どこからかもらわれてきた子犬は、親友となる少年と出会い、成長してからは新たな家族にも愛され、幸せな一生を過ごした。願いは叶えられたのだろう。老犬の視線は最後まで、定点カメラのように家族の日常を映していた。

伊吹は、命の輝きに触れ、改めて思う。

(なんと美しいのだろう)

そして、儚いとも思わずにいられなかった。

それでも、家族の中に思い出は生き続ける。今も心の中で、愛犬を抱きしめている。これからも、愛犬との思い出が、何度も家族を笑顔にしてくれるだろう。

しんみりと、老犬を見送ったところで、伊吹はつぶやく。

「そう言えば、璃子の誕生日もそろそろのはず」

伊吹の言葉を聞いた三つ子たちの表情が、一気に明るく輝きだした。

「それはいち大事でございますよ」

「伊吹様の株をあげるチャンスです」

「イベントはおおいに盛り上げるべきです」

三つ子は口々に言った。

盛り上がりたいのは三つ子たちや宿の皆であって、伊吹はまったく興味がない。伊吹にすれば、誕生日を祝うようになったのはつい最近のことで、そもそも馴染みがない。

「お前たちで勝手に……」

「おまかせください。伊吹様」

桜が胸を叩く。

「宿のほうには私が連絡を」

菫がスマホを取り出す。

「誕プレは私がリサーチを」

梅もスマホを取り出す。

「だから、お前たちがパーティーとやらをやりたいのだったら、勝手にするがよい。私のことは気にするな」

伊吹は面倒くさそうに言った。

「伊吹様と璃子さんのためですよ」

「スタッフの士気が上がれば一石二鳥です」

「これ可愛くないですか？　お土産屋さんのブレスレットなんですが」

梅がスマホを見せてくる。

「私は私で考えがあるのだ」

伊吹はそう言うと、ふいっと顔を背けた。

「璃子さんへのプレゼントは、きっとご自分で選びたいのよ」

「だけど、微妙なものをもらっても、璃子さんだって反応に困るでしょ」

「ありえる！　令和女子の好きなものなんて興味なさそうだし」

三つ子がひそひそ言い合う内容は、しっかり伊吹の耳にも届いていた。

しかし、伊吹は動じない。

（璃子の好きなものくらい、知っているに決まっておる）

エアコンよりも自然の風が好き。

錆びた鏡や裸電球が好き。

穴の空いた靴下が好き。

シティホテルよりお宿が好き。

（おそらくな）

クリスマスよりお正月が好き。

悪霊より神様が好き。

（当然だろう）

伊吹はどんどん自信に満ち溢れていく。だから、自分への低評価も余裕で聞き流せた。

「出雲そば食べたーい」

「ぜんざい美味しそー」

「うさぎかわいー」

伊吹が璃子の好きなものを思い浮かべているうちに、三つ子たちの話題はいつの間にか出雲グルメへと変わっていた。

（やれやれ……）

伊吹は三つ子たちに隠れて、袂落《たもとお》としからそっとスマホを取り出す。

『出雲大社　土産屋　ブレスレット』

梅の情報を元に検索し、こっそり璃子へのお土産を見繕《みつくろ》う伊吹だった。

✿

「これにて無事に会議は終わりましたので、皆さん宴会場へ移動してください」

会議の主宰者である白い衣袴《きぬばかま》姿の大国主《おおくにぬし》の言葉を受けて、神々は次々と会議室をあとにする。

「宴会場はこちらでございます」

案内をするのは、うさぎ耳が着いた巫女だ。あっという間に巫女の後ろには、八百万の神様たちの行列ができた。

「いい加減、リモート会議でええんちゃうん？」

「デジタルツールに弱い神がまだ多いし、大人数だと情報共有が大変らしい」

「難儀《なんぎ》やなあ」

「集まって飲むのが好きなんでしょ」

神たちの愚痴を聞きながら、伊吹はそっと宴会場へ向かう列から離れる。

「ふう。さすがに疲れたな」

周囲に誰もいないのを確かめ、肩をぐるぐると回した。

「相変わらずですね。伊吹様、こっそり抜け出すつもりでしょう？」

羽衣をふわふわと浮かせ、薄紅の衣裳を纏い、艶やかな黒髪を垂らす美しい女性が立っていた。

「これはこれは、桜姫《さくらひめ》様」

桜姫は富士山麓の大社に御座《おわ》す神である。伊吹よりずっと有名な神で、後光の差し方が段違いに眩しい。

「抜け出すのなら、ご一緒しますわ。お酒は飲まないんです。ソーバーキュリアスです」

「そうですか。でも、私は一人で……用があるのです」

「おつきあいいたします。伊吹様とお話がしたいもの」

桜姫は微笑んだ。

「…………」

（まったく人の話を聞いていないようだ）

伊吹は自分より格上の神からの誘いを、どうやって断るべきか頭を悩ます。

しかし結局断りきれずに、土産屋が並ぶ門前通りを二人並んで歩いていた。風格ある御影石の石畳が美しい参詣道は、秋晴れも手伝って観光客で賑わっている。また、通りに並ぶ立派な松が、神聖で厳かな気持ちにさせてくれた。

「私たちもずいぶん長くなりますね。こうして年に一度、顔を合わすだけとはいえ」

伊吹にぴったり寄り添うようにしながら、桜姫は言った。伊吹はすかさず半歩後ろへ下がり、「そうですね」と答える。

するとすぐさま桜姫も半歩下がり、伊吹の腕に手を添えてきた。

「勾配《こうばい》が急ですわ。転びそう」

甘えるような声だった。

「は、はあ……」

仲良さげに腕を組む二人は、まるで恋人同士のようである。しかし、その姿は透けており、人々の目に映ることはない。

（これは、不穏な空気としか……）

桜姫の嫌に馴れ馴れしい態度に、伊吹は危機感を覚える。

「時代の流れとともに、神の立場もずいぶんと変わりましたわね。今どき、神と崇められているのは芸能人や二次元キャラクターのほうが多いくらいですし」

何ともなしに、世間話がはじまった。

（飲まれてはならぬ）

しかし、伊吹が警戒心を解くことはない。

「平和でいいんじゃないでしょうか」

適当に返事をしておき、あとはきょろきょろしながら目当ての土産屋を探していた。ところが。

「それがどうやら、人々の怨念や憎悪がここのところ爆発的に増えているそうです。SNSが原因だとか。まだ噂話程度ですが、いよいよあれが復活するのではないかと、一部の神たちは危惧《きぐ》しているようです」

桜姫の声色が真剣味を帯び、聞き捨てならなくなる。

自然と視線は、通りから桜姫へと移った。

伊吹は慎重に言葉を紡ぐ。

「あれ、とは、もしかして」

その噂には、伊吹にも心当たりがあった。

すると、辺りを気にするように、桜姫が声を潜める。

「ええ。神殺しです」

神殺し、という言葉に反応し、伊吹の眉がぴくりと動いた。


――お前もついでに喰《く》らってやろう。


頭に響くのは、誰かに似ていて、誰でもない、野太い声。

気味の悪い黒い影が、すぐさま脳裏に浮かんだ。

（また、あれ、が？）

伊吹が神殺しと対峙《たいじ》したのは、一度や二度ではない。何度祓っても、しぶとく蘇る面倒な邪鬼だ。

蘇るたびに、別の姿となり、力を増す。

しかし、姿かたちを変えても、血なまぐさい匂いだけはいつも同じだった。

黒い影が鬼へと変化する様を思い出し、背中がぞくりとする。


――神のくせに、我を恐れているのか。

霊力を喰らい精気にするようで、特に神の力は好物だと、大胆不敵に笑っていた。

また、黒い影は、普段は人のふりをして、獲物を探しているという。

人のうらみつらみや悲哀は、精気にはならないがひどく美味いらしい。一種の麻薬のようなものかもしれない。

そして恐らく、人を弱らせれば、神の力も弱ることを知っていたのだろう。


——りんは、我の獲物だ。


伊吹のかつての妻、りん、との出会いは、皮肉にも神殺しとも深くかかわっていた。

どうしてりんが、神殺しの目に留まったのかは分からない。しかし、あれは、りんを獲物だと言っていた。

獲物には執着があるのか、どこまでも執拗《しつよう》に追いかけてきた。隠したところで、探し当ててしまう。見張りを付けたところで、意味をなさない。

（心を操り、人を操るから手強い）

伊吹は、人だったり黒い影だったりする、変幻自在の神殺しからりんを守るため、神の仕事をないがしろにし、ついには多くの信者を失った。

（この手は、何を守った？）

自分の手のひらを見つめ、伊吹はため息をつく。

（神は万能ではないのだ）

手のひらが砂となり、さらさらと落ちていく錯覚を見て、悲しい気持ちになる。

伊吹は、軽く頭を左右に振った。

人々の心が離れ、神として存在することが危うくなり、形を失いかけたあのときを決して忘れはしない。

（もう二度と、同じ轍《てつ》を踏むわけにはいかない）

神であり続けなければ、巡り逢うことすら叶わないのだから。

しかし、もしも再び、神殺しが自分の前にあらわれたらどうするだろう。

怒りとも恐れともつかない感情が渦巻き、心を締め上げていく。

「神殺しは必ず蘇り、私たちの前にあらわれるでしょう」

隣から冷気のようなものを感じ、伊吹は我に返った。

「人々を絶望に陥れ、根こそぎ信仰心を奪ったところで、弱った神を死に至らしめる悪の化身。伊吹様も決してお忘れではないですよね？」

「それは……もちろん」

ふと見れば、冷たい炎が、伊吹の腕にまとわりついている。

「許せません……憎い」

さらに、桜姫の指が、着物に食い込んだ。

「多くの神が殺されました。私の夫も」

「桜姫様、お気持ちは分かります。しかし」

神である自分たちが滅多なことを口にしてはならない。それこそ、神殺しにつけいられないとも限らない。

もしかすると、今もすぐそばで、人のふりをして様子をうかがっているとも知れない相手である。

「お立場がありますから」

伊吹は、諭すようになぐさめるように、優しく桜姫の手を袖から離させた。すうっと、炎も消えてなくなる。

「大丈夫です。お互い、もう昔のことですからね。気持ちを切り替えなくては」

桜姫は明るく言った。

「それはそうと」

体をくねらせたり、頬を染めたり、桜姫の態度がますます妙になる。

「伊吹様もそろそろ再婚を考えていい頃では？」

そうかと思えば、話題がいきなり飛躍し、伊吹は戸惑った。

「まあ、そうですね」

（どうしてここで再婚の話が。これだから縁結びの神は厄介なのだ）

伊吹は、さりげなく視線をそらす。

「伊吹様、こちらをお向きになって」

するとと桜姫は、またしても伊吹の腕に絡みついてきた。

「実は私も再婚を考えていますの。そうしたら、私たちちょうどいいんじゃないかと、気づきまして。伊吹様の性格はさておき、お顔はすごく好みなんです。それに、意外と優しいところもありますものね。夫を亡くして寂しくしているとき、抱きしめてなぐさめてくださったこと思い出したわ」

「そのようなことはしておりませぬ。あのときも、こうして桜姫様が勝手に寄りかかってきて……」

「ああ、胸が苦しい。どうしたのかしら」

「医者に行くべきです」

「きっと、これが恋なのね」

「私の話、さっきから少しも聞いていませんね。それで、恋などとのたまうのですか」

伊吹は呆れたように言った。

「まあいいじゃないですか。私が伊吹様をお慕い申し上げていることには、変わりありませんから」

上目遣いに伊吹を見ると、「再婚、どうかしら？」と桜姫は首を傾げる。

「わ、私には宿がありますゆえ」

伊吹は桜姫から逃れようと、背を反らせた。

「お宿のことなら、他の者に任せてしまえばいいのです。なんなら売ってしまいなさい。私の稼ぎがあればじゅうぶんでしょう？　身ひとつで駿河《するが》においでくださいませ」

桜姫は伊吹を逃すまいとして、さらに迫ってくる。

「ああ、言い忘れておりました。嫁はもういます。わけあって事実婚ではありますが、若女将としてよくやってくれています」

「この期に及んで架空の嫁ですか」

伊吹の脇腹をつつきながら、桜姫は「可愛いお方」と笑った。

「うっ、あっ……架空ではございません。実在する嫁です」

「嘘ではありません。ああ、そうだ。嫁に土産を買わねば！」

「嘘ばっかり」

「伊吹様、お待ちになってー」

門前通りを追いつ追われつしながら、二人の神は夕焼けに染まっていった。

参　たおやかダイニング

お品書き

藹《あい》藹《あい》の膳

●刺身
江戸前刺身のカルパッチョ
●焼物
秋野菜の博多オーブン焼き
●揚物
まぐろの竜田揚げ香味ねぎソース載せ
●御飯
炊飯器おあげのいなり寿司

●饂飩《うどん》　もみもみうどんの梅かつおぶっかけ

「おはようございます」

大女将であるユリの挨拶に続き、ロビーに集められた十数名ほどのスタッフが「おはようございます」と一礼した。伊吹と三つ子たちは出張で留守だが、ビャクの隣には回復したトコヤミの姿がある。雪と紅葉の顔も揃っていた。残念ながら、藤三郎はまだ療養中だ。

小柄なユリは、踏み台の上に立っている。久しぶりの朝礼の光景だった。

「疫病も終息に向かっております。『たまゆら屋』も来月の営業再開に向けて、準備を進めてまいります。お客様を安全にお迎えするために、スタッフ一丸となって頑張りましょう。それから……」

延々と続くユリの話に飽きたのか、ビャクは璃子のそばまでやってきた。

「璃子さんのときは、演説は控えめにしてくださいね」

「わ、わたし？」

璃子はユリに気づかれまいかとヒヤヒヤしてしまう。

「大女将が引退したら、宿のリーダーは若女将の璃子さんですから」

「リーダー？　わ、わたしが？」

「リーダーは璃子さんしかいません！」

ビャクは力強く言った。

（ちょっと荷が重いかも？）

璃子は眉尻を下げて作り笑いをする。

頼られるのは嬉しいが、それだけの働きができるのかまだ自信がない。

（だってわたし、まかない作りくらいしかしてない！）

若女将の仕事もそれなりにこなしているものの、どこまでも遠慮がちだ。ただし、皆の期待を裏切るわけにはいかないという、使命感だけは人一倍強い。

焦ってはならないと思っていたはずが、またしても、早く一人前にならなくては、と気負ってしまう璃子だった。

（が、頑張ろう……）

そこで突然、キーンと、ハウリングが起こる。璃子とビャクは驚いて前方を見た。

「というわけでご紹介に預かりました、恵比寿《えびす》でぇーす。よろしくぅ」

マイクを手に踏み台に立つのは、ゆったりめの赤いパーカーに黄色のキャップを被り、耳にはイヤーカフというストリートファッションに身を包んだ、長身の男性だった。なぜか、釣り竿《ざお》を担いでいる。

「伊吹様が出張の間、恵比寿様に宿を見守っていただくことになりました」

ユリが皆に説明した。

「ブッキーとはマブダチなんで。あ、ブッキーって、伊吹ちゃんのことね。俺のことはエビちゃんでいいよ。仲良くしようぜ。イエー」

イエー、と上下左右に両手を大きく振る恵比寿に、璃子は目を丸くし、スタッフたちはざわついた。宿には時おり、不審な者や変わり者がやってくることがあるが、彼はれっきとした神である。スタッフたちが戸惑うのも無理もないだろう。

そんな中、紅葉だけは恵比寿の真似をして、ラッパーのように手を振っている。雪は「神様ですよ」と紅葉を諫め、その手をそっと降ろさせた。

璃子はビャクに小声で訊いた。

「恵比寿様って、七福神《しちふくじん》ですよね？」

「はい。七福神の恵比寿様です。釣りがご趣味のようで、以前、釣った鯛《たい》をいただいたことがあります。神無月《かんなづき》に八百万《やおよろず》の神々が出張に行っている間、土地にとどまり人々を見守る留守神でもあります」

ビャクの言葉は丁寧であるが、顔は顰めっ面である。

「はぁ、お腹空いたぁ」

そう言って、ビャクはため息を吐いた。朝食は済んだばかりだというのに、相変わらずだ。

「恵比寿様、イエー、は余計でございます」

ユリもウェイ系の留守神に不満げな表情だ。

「それから、宿には宿のきまりごとがありますゆえ、お召し物はこちらにお着替えを」

ユリが恵比寿に作務衣を手渡す。

「え〜っ、ダサくなぁい？」

「問答無用でございます」

二人のやりとりに、璃子はこの先を案じて気が重くなるのだった。


マスク、ゴム手袋、ゴーグルを装着し、スプレー式消毒液と布を持って、璃子は客室のドアを開けた。営業再開に向け、勤務中のスタッフ全員で手分けして客室を除菌消毒するのである。

「スプレー吹っかけて拭き取ればいいの？　まじないみたいなもの？」

璃子の背後には、同じく消毒スプレーを手にした恵比寿。暇だからと、璃子の手伝いを自ら申し出たのである。

「いえ、普通に掃除です。お願いします」

「璃子ちゃん、緊張してる？」

「あ、少し」

伊吹よりさらに一回り大きな恵比寿は威圧感があった。

「だーよーねー。ブッキーと違って、俺、超有名で、人気者だしね！」

確かに、土地神の伊吹と違い、恵比寿は全国区の神様である。とはいえ、初対面でも物《もの》怖《お》じせずグイグイくる恵比寿に戸惑っているだけで、璃子にとって知名度などどうでもいいことだ。

「ところで、璃子ちゃんとブッキーって、どういうきっかけでつきあいはじめたの？」

まだ距離感を測りかねている璃子へと、遠慮なしの質問が飛ぶ。

「……つきあってませんけど」

しかし、璃子は冷静に返した。チャラいとはいえ、恵比寿は神様だ。

「そうなの？　ブッキーは璃子ちゃんを嫁っつってたけど。それから、くれぐれも璃子ちゃんを頼むって。ただし、ソーシャルディスタンスを保つように言われてんだよね」

それを聞いて、璃子は素早く恵比寿から二メートル離れた。

「で、ですよね。気をつけます」

「でもさ、俺たちに関係なくね？」

ところが、すぐさま恵比寿は詰め寄ってきた。

崇りとは関係なくとも、個人的に距離を取っておいたほうが良さそうである。

「パーソナルスペースの問題です」

「やけに他人行儀だねー」

逃げようとする璃子、追いかける恵比寿。璃子は、何だかまずいことになりそうだと予感する。

「仲良くしよーよ」

恵比寿が馴れ馴れしく肩に腕を伸ばしてきたため、咄嗟に璃子はその手を振り払った。

「すみません。つきあってます。じゃなくて、嫁です。わたし、伊吹様の嫁なので、そういうことはご遠慮ください！」

いささか都合が良い口実だとは思ったが、璃子も切羽詰まっていた。

(冗談にしても、キツイ)

伊吹と同様に恵比寿を敬う気持ちはあれど、過度のスキンシップはとても受け入れられそうにない。どちらも神であるのに、どうしてだろう。璃子にはその理由が分からない。

「璃子ちゃん、かわいい！　余計にかまいたくなる！」

なおも抱きつこうとするセクハラ神に、璃子は気が動転してしまう。

(伊吹様、助けて！)

「は、祓い給えぇ、清め給えぇ……悪霊っ、たっ、たいさぁん！」

声を震わせながら、うっかり祝詞を上げてしまった。しかも、恵比寿相手に悪霊退散とまで口走ってしまう。

しかし、当然ながら何も起こらなかった。祝詞は厳粛な言葉である。神への礼儀を欠いて濫用《らんよう》しては決してならない。

「わ、わたし、なんてことをっ。お許しください」

伊吹が現れなかったことで、璃子は冷静になる。そして、無礼を深く反省した。

「な、何！　どこだ、悪霊め、姿を見せろ！」

すると、恵比寿が正拳突きの構えになる。勇ましい姿であるが、よく見れば表情は青ざめ、手は震えていた。

「り、璃子ちゃん、どこに悪い奴いるの？」

勘違いして悪霊に怯える恵比寿に、璃子は気が抜けた。意外と可愛らしい一面もあるようだ。

（もしかして、私をリラックスさせようとしてくれているのかな？）

相手は神様だ。言動ひとつにも、何かしら意味があるのかもしれない。

「す、すみません。悪霊は勘違いでした。仕事しましょう」

落ち着きを取り戻した璃子は、ドアの取手にスプレーを吹きかけ、黙々と布で拭き取る。

伊吹がいない間、恵比寿とも力を合わせ、宿を守っていかねばならない。

「しっかし、いい時代になったよなぁ。昔はさぁ、神と人間の禁断の愛なんて、許されるような世界じゃなかったんだけど」

醜態をごまかすようにさっと髪型を整え、恵比寿は軽い調子で言った。

「そうですか」

心を乱されまいと、璃子は黙々とスプレーを部屋の各所に吹きかける。

「いや、だって、神と人間よ？　スペック違いすぎんだろ？」

「そうですね……きゃっ！」

璃子としたことが、テレビに直接消毒液を吹きかけてしまった。またしてもうっかりである。電化製品に直接塗布するのは故障の原因になりかねない。璃子は急いでテレビにかかった消毒液を拭き取る。

「うわっ！」

不運なことに、今度は足元のゴミ箱を蹴飛ばしてしまった。やみくもに祝詞をあげたせいで、罰が当たったのだろうか。

「はっはっはっ。もしかして、璃子ちゃんって不幸体質？　ブッキーは昔から慈悲深い神様だからなぁ」

恵比寿は愉快そうに笑った。

「そう言えば、ブッキーって、道端に捨てられた犬とか雨に濡れた野良猫なんかを、よく拾ってたからね」

「へ、へえ」

璃子は動揺を悟られまいと平静を装った。

「ほら、俺らって結局、自尊心を満たされたくて神やってるから。弱いやつ助けるの、大好きだしさ」

「ほ、ほぉ」

あっけらかんと恵比寿は心の内を語る。裏表がないと言えばそうかもしれない。

「やっぱ、神様優しい、神様かっこいい、って思われたいでしょ？　そういう快感なしに、他人の願い事ばかり叶えてやるわけないじゃん」

「…………」

今さら璃子だって、相手が神様だからと、完璧を求めようとは思わない。だけど、恵比寿の言うことがすべて伊吹に当てはまるとも思えない。

(伊吹様は違う……)

伊吹はそんなこと思っていない、と喉まで出かかったが、璃子はその言葉を飲み込む。

「璃子ちゃんって、なんか、かわいそうっていうか、幸薄そうっていうか、そういうところが、俺ら神にしたらグッとくるんだよねぇ。かわいそうな女の子、守ってやりてぇ、みたいな？　いわゆる庇護欲《ひごよく》ってやつ？」

（かわいそう？）

そこで、消毒を続ける璃子の手が止まった。

「う…………」

「う？」

「う…………」

「う？」

うるさい、と叫びそうになったところで、璃子は大きく深呼吸した。恵比寿はただ、同情するような目で璃子を見ている。

「やっぱ璃子ちゃんって、色々抱えてストレス溜まってそうだねー。無理しないほうがいいよ。仕事終わったら、ぱーっと遊びに行こうか？」

（だ、誰のせいで！）

反射的に、恵比寿に向かって消毒スプレーを構えた璃子は、冷静になって青ざめる。

（わたしとしたことが、神様になんてことを！）

いくらなんでも感情的になりすぎだと、心の中で深く反省する璃子だった。

清掃が終われば、次はまかない作りだ。璃子はさっそく厨房に向かう。境目を訪れてからの璃子はとにかく大忙しだった。

（忙しいと余計なこと考えなくて済むけど……）

恵比寿から、かわいそう、と言われたことが引っかかっている。

（わたし、かわいそう、なのかな）

璃子は冷蔵庫の前で首を傾げた。ステンレスに映る作務衣姿の自分にそっと手を伸ばす。

「かわいそうだから、伊吹様に拾われた？」

思い返せば、璃子を見つめる伊吹の目は、どことなく悲しみを帯びていたような気がする。目の前にいる璃子より、もっと遠いところにある何かを見ているような目だ。


――皆、璃子が大好きだよ。


どこからか声が聞こえた気がしたが、璃子はさして驚かなかった。それは、嫌なことや辛いことがあると聞こえてくる声だから。幼い頃から、不思議なものを見たり聞いたりしてきた璃子には、すでに慣れ親しんだ現象だ。

声の主は、常に同じというわけではないようだ。しかし、怖くはない。見守られているようで、いつも心が安らいだ。

「かわいそうなんて……バカバカしい」

璃子は勢いよく冷蔵庫を開けた。

恵比寿の言葉に惑わされて、伊吹を疑うようなことはしたくない。璃子はまかない作りに集中することにした。

「あれ……？」

冷蔵庫にトレイごとラップがかかった一人分の朝食が入っている。

「誰か残したのかな」

璃子は冷蔵庫から朝食を取り出した。お味噌汁、焼鮭、卵焼き、お新香。至ってシンプルな献立。好き嫌いがあったとは思えない。

そこへエプロンを腰に巻いた雪がやってくる。璃子を手伝いに来たのだろう。

「そちらの朝食、ビャク様のぶんなんです。珍しく、ひと口も口にされておりません」

「ビャクさんが？　どこか具合でも悪いんでしょうか？　熱は？」

食いしん坊のビャクが食事を残すとは、信じがたいことだった。璃子は心配でしょうがない。もし流行病だったらと、気が気じゃなかった。

「熱や咳などはないようで、元気もありました。ただ、お腹は空くのに、どうしても食べられないそうで」

朝礼では顔色も悪くなく、いつものビャクだった。しかし、ビャクのことだ。皆の前では心配をかけないようにしていたのかもしれない。

「そうですか……。何か食べやすいものを、お部屋まで持っていってあげようかな」

まずビャクの食事を用意しなければ、璃子も落ち着かない。

「ぜひお願いします。あっさりしたものが食べたいと仰っていたような」

いつも淡々としている雪でさえ、どこか不安げだ。少しでも口にできるものを作ってあげたいと、璃子も考えを巡らせる。

「あっさりと言えば、あれかな」

さっそく璃子は、ビニール袋に、中力粉、塩、水を入れ、ぐしゃぐしゃと揉みはじめた。ひとまとまりになるまでしっかり袋ごと揉みこむ。まとまったところで袋から取り出し、打ち粉を振ったまな板の上に載せた。麺棒を使って厚さ三ミリくらいに伸ばしていく。

「何ができるのかしらー」

雪は期待いっぱいの目で、璃子の手元を覗きこんでいる。

「お鍋にお湯を沸かしてくださいますか？」

「はーい」

雪がお湯を沸かす間に、璃子は伸ばした生地を折りたたんで、好みの太さに切り分けていった。あっという間に、白い麺が出来上がる。

「手打ちうどんですね。素晴らしい！」

雪が感嘆の声をあげる。

「もみもみうどんですかね」

十分かそこらでできたうどんなので、璃子は何だか照れくさくなった。

たっぷりのお湯でうどんを茹で、ざるに取る。湯を切ってさっと水洗いしたうどんを丼に盛った。そこへ、かつおぶしと梅干しをトッピングする。めんつゆは別の器に注いでおき、食べる直前にかけてもらう手はずだ。

「美味しそう。これなら、ビャクさんも食べられそうですね」

あっさりした冷たい麺ならば、食べやすいかもしれない。

「ビャクさんのお部屋に届けてもらえますか？　わたしは昼のまかないを作ります」

ビャクのことは雪に任せ、璃子は再び冷蔵庫を開ける。

「さて、お昼は何にしようかな。食欲のあるスタッフにはガッツリ系にしますか」

「肉がいいね、肉！」

「ぎゃ！」

驚いて手を上げた璃子に、イエー、と恵比寿がハイタッチしてきた。

「どうして神様って、いきなり現れるんですか？」

「そのほうが、ありがたみがあるっていうかぁ」

「…………」

（ありがたくありませんけどね）

恵比寿に訊いたのが間違いだった、と璃子は思い直す。

「それにしても、璃子ちゃん頑張るねぇ。そこまでして、ブッキーのお嫁さんになりたいわけー？」

　冷蔵庫を物色しながら恵比寿は言った。

「べ、別に、そういうわけじゃ」

「ウソだー、玉の輿《こし》狙ってんだろ？」

　体の大きな恵比寿に上から指を差され、璃子は身を縮こまらせる。

「大人しそうに見えて、実は腹黒だったりすんの？」

「だから、違います。わたしは、わたしの得意なことで、皆に笑顔になってもらいたいんです」

「はぁ？　それマジで言ってる？　皆に笑顔になってもらいたいって、璃子ちゃん聖女なの？　俺ら神でも言わねーよ？」

「本気だったらおかしいですか？」

　璃子の声は真剣そのものだ。

「おかしいというより、皆を笑顔に、なんて寝ぼけたこと言ってないで、具体的に璃子ちゃんが若女将になったら何ができるのか、具体的に説明してほしいよね。璃子ちゃんも大人なんだから、そのくらいは分かるっしょ。って、こんなこと言ったら泣いちゃう？　泣かないでよ？」

ぽんぽんと軽く頭を叩かれ、璃子は恵比寿をキッと睨みつけた。からかわれているようで、悔しかったからだ。

「具体的になんて、まだわたしのような半人前には無理です。ただ、ぼんやりとでしたらプランはあります。ウツシヨと境目を行き来できる人間がわりといると知りましたので、ゆくゆくは旅のコーディネートができたらいいなって。境目の『たまゆら屋』にもたくさんの人に訪れてほしいと思っています。そうだ、境目まんじゅう、なんて名物を作ってもいいですよね。神様のお祓い付きで心身ともにリフレッシュって宣伝したら、それなりにこちらにも人を呼べるんじゃないかなと」

恵比寿は「おおっ」と感心する。

「けっこう具体的！　そして、なかなかの商売人！」

ウツシヨと境目のふたつの宿の縁を結ぶことが、自分の役目であると璃子は考えている。だからこその思いつきだ。

「だけどさ、わざわざ境目に行きたい人間ってそんないる？　謂わば、あの世の入り口よ？　できることなら、生きているうちは行きたくねーわな」

恵比寿の意見はまっとうである。

「境目なら、ギリ、臨死体験くらいで、楽しめませんか？」

「あんま、体験したくないねぇ」

二人は腕組みをして、「うーん」と唸る。やはり普通の人間が望んで行きたい場所ではないのかもしれないと、言い出しっぺの璃子でさえも思い始めるのだった。

　いよいよ『たまゆら屋』の営業が再開されることとなった。ロビーでお客様を出迎えるため、璃子はユリの隣に並んで立つ。快癒した藤三郎が厨房に戻ったおかげで、今日の璃子は若女将業に専念できそうだ。

　着物姿の璃子を横目で見ながら、ユリが言った。

「そうしていると、それなりに見えるわね」

　ユリが仕事用にと見立ててくれた麻の葉柄の紬《つむぎ》は、璃子の体にすっかり馴染んでいた。手足の長い璃子でも裄丈《ゆきたけ》はちょうど良い。

「まだまだです。自分で着物も着られませんし」

　雪の着付けは、少々のことでは着崩れしない。最初は慣れなかった璃子も、着物は着物でいいものだと思うようになっていた。帯を締めることで、背筋が伸びるのもいい。

（心までしゃんとするなぁ）

　璃子は清々《すがすが》しい気持ちでロビーを見回すが、営業再開したと言っても客はまばらだった。

「客足が戻り、宿が以前のように活気づくまで、しばらくはこんなものでしょう。しかし我らは、どんなときも誠心誠意を尽くし、万全の態勢でお客様を迎えなければなりません。それが、おもてなしですから」

ユリの言葉に璃子は深く頷く。未来に向かって、今を乗り越えていきたいからだ。

「はい。精一杯おもてなしさせていただきます」

今日はどんなお客様と出会えるだろう。お客様を待つこの時間が、璃子はとても好きだった。お客様に特別な一日を過ごしていただけるよう、背筋を正し笑顔を作る。

「いらっしゃいませ」

ユリの張りのある声がロビーに響く。璃子もお客様のほうへ体を向けた。

「いらっしゃ……」

エレベーターを降り、こちらへ進んでくる女性のお客様を見て、璃子は言葉を詰まらせる。ツイードのジャケットに黒のスカートというフォーマルな装いは、どことなく見覚えがあった。それでも、似た別の誰かじゃないかと思う。しかし、生え際の白髪の下にある優しい目と目が合ったとき、一気に懐かしさが込み上げてきた。

「おばあちゃん?」

璃子が高校生のときに亡くなったはずの祖母の初枝《はつえ》が、あの頃の姿のままで目の前に現れた。様々な思い出が記憶の中から流れ出す。

父親はおらず、母親が唯一の働き手だったため、璃子の学校行事にはいつも初枝が参加してくれていた。

（授業参観のときに着ていた服だ）

初枝の服装に、小学校の教室の風景までも脳裏に浮かぶ。

「璃子、久しぶり」

初枝は荷物を床に置くと、璃子へ向かって両手を広げた。

「おばあちゃん！」

璃子は小走りで駆け寄る。

境目が見せる一瞬の夢だとしてもいい。元気だった頃の初枝に会えて嬉しい。璃子の目に涙が浮かんだ。

「おばあちゃん、会いたかった」

璃子は、今すぐ初枝に抱きつきたい思いを耐える。

「璃子、よく顔を見せて。元気だった？」

柔らかな初枝の手が、璃子の両頬に触れた。消えてなくなったはずの肉体なのに、感触や体温まで感じられる。信じられないようなことではあるけれど、再会の喜びが勝った。

「こんな夢みたいなことある？　夢なのかな？」

璃子の目にたっぷりと涙が溜まる。

「あら、珍しい。我慢強い璃子が、人前で泣きそうになるなんて」

初枝は鞄からハンカチを取り出し、璃子に手渡した。

幼い頃の璃子は、決して人前で泣くまいと努力していた。それが大人になるにつれ、今度は素直に泣くことができなくなってしまった。涙を流したところでどうにもならない。涙に頼りたくない。以前の璃子はそんな風に思っていた。それなのに。

(わたし、最近泣いてばかり)

涙は、ふっと気が緩んだときに溢れ出るもの。涙は、悲しいとき以外にも溢れ出るもの。色んな涙があるのを知ったからかもしれない。

「安心できる場所を見つけたのね」

初枝は微笑んだ。

「おばあちゃん、どうしてここに？　わたしがここにいるって知ってたの？」

「神様から招待状が届いたからだよ」

「神様から招待状？」

驚いた璃子は、事情を知っていそうなユリを振り返る。

「日頃の働きぶりをねぎらって、伊吹様がお祖母様をお呼びになったのです。このようなことそうそうありませんので、伊吹様に感謝して、大切なお祖母様に精一杯のおもてなしをするように」

ユリは諭すように言った。

（なんてサプライズ！）

璃子はユリに頭を下げる。

「はい。ありがとうございます！」

大好きな初枝と一緒にいられることが、嬉しくてたまらない。

（伊吹様、ありがとう）

普段はぶっきらぼうだけど、伊吹ほど思いやりに溢れた神様はいないと、璃子は改めて思う。

（伊吹様、見てくれているんだなぁ）

ありがたいのと同時に、どうしてそこまで自分に良くしてくれるのかと璃子は思った。


――璃子ちゃんって、なんか、かわいそうっていうか。


恵比寿の言葉が浮かんでしまい、慌てて頭を左右に振る。伊吹の施しが、恵比寿のような考え方から来ているとは思えない。

（神様だって、皆同じじゃないんだし）

だとしても、かわいそう、という言葉をかけられるのは好きじゃない、と璃子は思った。

「璃子、お部屋に案内してちょうだい」

初枝の声にハッとする。

「うん。荷物持つね。こちらでチェックインをお願いします」

璃子は荷物を抱え、初枝をフロントへと案内した。


初枝が宿泊する十三階の客室は、琉球畳《りゅうきゅうだたみ》を敷き詰めた、ゆったり広めの二人部屋だ。座椅子、テーブル、ローベッド、桧《ひのき》や杉などの自然素材を使った家具はどれも雰囲気がある。

落ち着いた色合いの間接照明、和を演出した行灯《あんどん》。アメニティは充実しているし、室内着は江戸らしい粋な藍色の浴衣である。

贅沢《ぜいたく》な設備と空間に、初枝は満足しているようだった。

「本当に素敵。それに、和室でもベッドなのは助かるわ」

初枝はそう言って、ベッドに腰掛けた。

「疲れてない？　肩揉もうか？」

璃子は背後から初枝の肩に手を置いた。

「それが、ぜんぜん。腰も膝も痛くないし、体がすごく軽いの」

初枝が元気なのは嬉しいが、すでに亡くなっていることを思うと複雑な気持ちになる。

璃子は、もっと別の話題はないものかと考えた。

「おばあちゃん、今、どこで、どんな暮らしをしているの？」

「そうねぇ……。おばあちゃんのことより、璃子の話が聞きたいわ。仕事は忙しい？　困っていることはない？　接客業は大変だって聞くけど」

初枝は璃子の手に自分の手を重ねると、少し心配そうに訊いてきた。

「仕事は忙しいし、まだ覚えることもたくさんあって大変だけど、すごく楽しいよ。お客様に喜んでもらえるのが嬉しくて。美味しい、ありがとう、っていう言葉や、言葉がなくても笑顔で、直《じか》に反応をもらえるから、やりがいもある」

初枝は後ろを振り返り、璃子の顔をじっと見た。

「仕事が好きなのね。表情がキラキラしてる」

「うん。仕事も、ここにいる仲間も、大好きだよ」

お客様に喜んでもらうのはもちろん嬉しい。だけどそれだけじゃない。一緒に目標に向かって頑張れる仲間がいることも、社会人としてのスタートがうまくいかず、孤独に苛《さいな》まれていた璃子の励みとなっていた。

「この宿って、家族みたいに温かいの。もちろん厳しいことも言われるけれど、それ以上に期待や応援をしてくれる。それから、いつも見守って……」

——伊吹様の手助けなどなくても、社会生活は人並みに営めます。

璃子は自分の言葉を思い出し、口元を押さえる。

（わたし、何てこと言ってしまったんだ！）

いつも見守ってもらっていたのに、伊吹からの助言を素直に受け取れず、反射的に言い返してしまったことを璃子は今さら反省した。

——かわいそうな女の子、守ってやりてぇ、みたいな？

そこで再び、恵比寿の言葉を思い出す。

（かわいそうって、何なの）

消し去りたい言葉なのに、時間が経つにつれ、重くのしかかってくるのはどうしてだろう。かわいそう、の一言に囚《とら》われてしまい思考が鈍くなる。

（伊吹様も、わたしのことそんな風に思ってる？）

かわいそうに思って、初枝を呼んでくれたのだろうか。かわいそうだから、優しくしてくれるのだろうか。

かわいそうだからと一方的に施しを受けるのは、たとえ相手が神様でも受け入れ難かった。

——私が神であるのは、当然のことだ。


伊吹の声が頭に涼やかに響く。

(そんなこと、分かってる)

璃子が伊吹をいつも心に思うのは神様だからだ。伊吹が璃子を見守ってくれるのだって神様だから、のはずだ。

(だとしても、伊吹様に、かわいそうだなんて思ってほしくない)

「ああ！」

またしても伊吹に対して素直になれなくなり、璃子は頭を抱える。伊吹の言葉はありがたみがあるけれど、璃子がほしいのはもっと別の言葉のような気がした。

「璃子、どうしたの？　こっちに来て、隣に座って。今度は、昔話をしましょう」

初枝はぽんぽんとベッドを叩いて、璃子を呼んだ。

初枝とのかけがえのない時間を、無駄に過ごすわけにはいかない。璃子は「うん」と頷いて、初枝の隣に座る。

「璃子は子供の頃から優しい子だったわね。困っている人がいたら放っておけないの。まだ小さくて自分のこともちゃんとできないのに、雨に濡れてる犬に傘を差し掛けてあげたり、赤ちゃんを抱っこしたご近所のママさんの買い物袋を持ってあげたり」

思い出を語りながら、初枝は目を細めた。

「そうだっけ。ぜんぜん覚えてないよ」

璃子は照れくさくなってしまう。

「確かそのとき、赤ちゃんが泣き止まなくて、ママさんが途方に暮れてたのよね。それで璃子は必死になって、泣いている赤ちゃんをあやそうとしてたわ。自分も今にも泣きそうな顔をしてね。でも璃子は他人の前では決して泣かなかった。こっそり隠れて泣いていたのを知ってるよ」

初枝はしみじみと言った。

「そんなことあったかなぁ……」

璃子はうそぶく。

あの頃、子供心にも、弱い自分を見られたくないと思っていた。母親に気づかれて、心配をかけるのも嫌だった。だけど、悲しくて辛くて、こっそり泣いてしまったことは何度もあった。初枝に見つかって、なぐさめられたこともある。

(かわいそうって、思われたくなかったから)

頭の中にある思い出の景色を探ってみたくなり、璃子は目を閉じた——。

水たまりに、雨粒が落ちる。水面にたくさんの波紋が現れ、模様になる。璃子は雨の模様を見るのが楽しくて、いつまでも水たまりをながめていた。

お気に入りの黄色の長靴。大きすぎる青い傘。雨の日、バス停で飼い主を待つ白い犬。

瞼《まぶた》の裏には、色んなものが映し出された。

一時間に一本しか来ないバス。霧で霞んだ山と灰色の海に挟まれた小さな町。懐かしい故郷の風景だ。

璃子は雨に濡れる犬の下へ駆け寄る。

（あのとき、かわいそう、そう思ったのかな？）

自分が濡れるのも構わずに、犬に傘を差し掛けた。大きな傘で良かった。これで犬が濡れずにすむ。大きくて重たい傘を、璃子は両手で支えた。

璃子の傘は譲ってもらったものだったので、体の大きさと合っていなかった。黄色の長靴も、幼稚園の制服や鞄も、全部お下がりだ。

——新しいの、買ってあげられなくてごめんね。

母親が悲しそうにするので、璃子は「黄色の長靴大好き」と喜んでみせた。青い傘がちょうどよくなるように、早く大きくなりたいと願った。

小学校になると、ランドセルはいただきものだったけどピカピカで、体操服や上履きは新品だった。ひとり親家庭に入学準備金の援助があると知ったのは、もう少し大きくなってからだ。

仕事で忙しい母親に代わり、璃子のめんどうは初枝が見てくれていた。授業参観の前日、病気がちの初枝の具合が悪くならないよう、璃子は神様に祈る。

「勉強も係の仕事も頑張ります。おばあちゃんに、わたしが発表するところ見てもらえますように」

璃子の願いは叶った。その日は特別な日だったので、神様からのプレゼントだと思った。授業参観の当日に、教室の後方に初枝の姿を見つけたとき、どんなに嬉しかったか分からない。璃子は自分の席から、初枝へと小さく手を振った。

ツイードのジャケットと黒のスカートを身に着けた初枝は、堂々として見えた。カジュアルな服装の母親たちの中では、少し浮いていたかもしれない。それでも璃子は、誇らしかった。

あの頃はまだ、その先もずっと初枝と一緒にいられると疑わなかった。しかし、当時も入退院を繰り返していた初枝は、それから数年後には入院したきりになってしまった。

「お母さんがお仕事だから、璃子ちゃんのところはおばあちゃんが来たんだよね」

隣の席の子が、訳知り顔で言う。

「お父さんがいないなんて、かわいそう」

直接父親のことを言われ、璃子はびっくりしてしまった。

「お母さんが、璃子ちゃんには優しくしてあげなさいって」

隣の席の女の子は、長い髪を編み込んでもらって、可愛いワンピースを着ていた。羨《うらや》ましいと思ったことはなかったけれど、かわいそうと言われることは、璃子にとって耐え難いことだった。お下がりのTシャツの裾を、伸びてしまわんばかりに璃子はギュッと引っ張る。

悔しくて俯《うつむ》きかけたが、すぐさま顔をあげた。

「わたしはかわいそうじゃない。働き者のお母さんがいて幸せだ！」

璃子が思いの外大きな声で叫んだため、教室中の視線が集まった。素早くそばに来た初枝が璃子の頭をなでる。初枝の手は柔らかくて温かかった。

あの優しい手と、ずっと一緒にいられたら、どんなに良かっただろう。

「璃子は、かわいそうじゃないよ」

初枝の声が、ささくれ立った心をなぐさめる。泣きそうになるのを、璃子は必死で耐えていた。

女の子は無言で固まり、彼女の母親は遠くから様子をながめているだけだった。担任の教師が保護者へ頭を下げている。先生は悪くないのにごめんなさい、と璃子は思う。好奇の目が向けられる中、涙がこぼれないよう歯を食いしばった。

学校を終え家に戻ると、やはり母親はいなかった。仕事だから仕方がないが、少しだけ寂しい。その日は授業参観というだけでなく、璃子にとって特別な日だったからだ。

「璃子、おかえり」

先に戻っていた初枝が出迎えてくれた。特別な日に、誰かに「おかえり」と言われるのは嬉しかった。

「今日はおばあちゃんがハンバーグ作ってあげるね。璃子の誕生日だから」

初枝はそう言って、また璃子の頭をなでてくれた。特別な日、それは誕生日。

「わー、楽しみ！」

誕生日に大好物のハンバーグが食べられるなんて、少しも自分はかわいそうじゃない、と璃子は思った。

初枝のハンバーグは、母親が作ったハンバーグのようにデミグラスソースはかかっていない。少し硬めのハンバーグに、ケチャップがぐるっとまわしかけられていた。

付け合せはにんじんのグラッセ。初枝の作るにんじんのグラッセは、ツヤツヤしていた。

柔らかくてほんのり甘くて、バターの香りがたまらない。デザートみたいで、とても美味しかったのを覚えている。

初枝と一緒に夕飯を取ったあと、母親の帰りを待つうちに璃子は居間で眠ってしまった。しばらくして、鼻先に漂ってきた甘い匂いに目を覚ます。いつの間にか、ブランケットが体にかけられていた。

「……………お母さん！」

璃子は飛び起きて台所へ向かう。母親の背中を見つけ、「おかえりなさい」と後ろから抱きついた。

「ただいま。璃子、お誕生日おめでとう」

祝ってもらうことより、母親がいることが嬉しい。学校の話、おばあちゃんのハンバーグ、母親に伝えたいことは山程あった。

「ケーキ買えなくてごめんね。代わりに、ホットケーキで作っちゃった」

「うわー！」

テーブルの上にはホットケーキタワーがあった。

重なった五枚のホットケーキの間にはフルーツが挟まっていて、一番上の段は生クリームとさくらんぼでデコレーションされていた。

「すごい！　美味しそう！」

母親の手作り誕生日ケーキに、璃子は大興奮した。

お店のショーケースに並ぶ誕生日ケーキもいいけれど、ホットケーキタワーもとても素敵だと思った。可愛いケーキを前に、璃子は食べるのがもったいない気がしてしまう。

画用紙にスケッチしておこうか。だけど早く食べたい。どんな味がするのだろう。ふわふわして、甘くて、ほっぺたが落ちそうなくらい美味しいのかもしれない。璃子はそわそわしてしまった。

ホットケーキに飾られているのは、ろうそく代わりの七つのさくらんぼだ。

赤くて可愛いさくらんぼ。黄色の長靴。青い傘。どれも大事な思い出だった。

思い出の中にいる璃子は、幸せそうに笑っている。璃子は、かわいそうな女の子では決してなかった。たっぷりの愛情と、心のこもった美味しい料理が、いつも璃子を笑顔にしてくれていたからだ。

✿

璃子はゆっくりと目を開けた――。

「おばあちゃん、覚えてる？　小学校の授業参観で友達から、かわいそうって言われたこと。わたし、悔しくて言い返したんだ」

「そんなこともあったかしらねぇ」

初枝はにこにこしながら璃子の話に耳を傾けていた。

「わたし、かわいそう、って言われるのが嫌いだった。同情されると、あなたはわたしたちとは違うって線を引かれたようで、悲しい気持ちになるから」

かわいそう、という言葉に悪意はないのかもしれない。かわいそう、と思うことがいけないわけじゃない。心の動きは自由だし、他人に縛られるものではないはずだ。

だけど、かわいそう、という言葉で相手がどんな気持ちになるのか、璃子ならば考えるだろう。自分のように悲しい気持ちになってほしくない。

「結局、かわいそうにこだわっているのは、わたしの心なんだよね」

今、初枝から「かわいそうに」となぐさめられたとしたら、璃子は嫌な気持ちにはならないはずだ。その言葉が、心を寄り添わせ、一緒に悲しんでくれると、知っているから。

(言葉はなんてややこしくて、これほどまでに心を縛ってしまうのだろう)

心にあるもやもやの正体を、璃子はまだ掴みきれずにいた。

「何よりかわいそうなのは、自分を大事にしないことだよ。鋭く抉《えぐ》るような言葉を使えば、傷つくのは自分自身なの」

璃子の心を読み取るように、初枝は言った。

「言葉は鏡というからね。口にした言葉には、心が映っている。だから璃子には、これからも優しい言葉を使ってほしいと思っているよ。他人を思いやることは、自分を大事にすることと同じ。思いやりは、めぐりめぐっていくものだから」

「思いやりを持つことが、自分を大事にすること」

そう璃子が口にすると、初枝は深く頷いた。

「そうだよ。だから、璃子はちっともかわいそうなんかじゃない。璃子の言葉には、いつも思いやりがこもっているもの。璃子はちゃんと自分を大事にできる子だよ。璃子は璃子のままでいいの。おばあちゃんもお母さんも、そして璃子のお父さんも、璃子が大好き。皆、璃子が大好きだよ」

初枝の優しい手が、璃子の頬に触れた。

「思いやりの心を忘れないで。これからもきっと、皆に愛されるから」

またしても、璃子の瞳には涙が溜まっていく。

「おばあちゃん、いつまでここにいられるの？」

ずっと一緒にいたい。これからも、弱虫な自分をなぐさめてほしい。子供じみた心が顔を覗かせ、「行かないで」と無理を言いそうになる。

そんなことを言えば、困らせるだけだと分かっている。それでも、初枝の温もりをいつまでも感じていたいと思った。

新しい服も、豪華なごちそうもいらない。大好きな人と離れたくない。大切な人たちが、自分の人生からもう誰一人として欠けてほしくなかった。

その願いは子供の頃から変わらない。だけど大人になった今は、叶わない願いがあることも知っている。

「明日には帰らなくちゃならないの。だけど、おばあちゃんはいつも璃子を見守っているからね」

涙を堪《こら》えて、璃子は歯を食いしばった。ここで泣いてしまったら、初枝を心配させてしまうからだ。

(泣き虫のわたしは封印だ)

心を整えて、璃子は笑顔の花を咲かせた。初枝のためにできることはまだある。

「お客様の食事はシェフが作るものだけど、良かったら、おばあちゃんのごはん、わたしに作らせてくれないかな。何か食べたいものある?」

「そうだねぇ。ああ、カレーがいいわ」

「カレーなんかでいいの?」

「璃子のカレーがまた食べたいの」

仕事で忙しい母親に代わって、璃子が台所に立つようになったのは小学校の高学年くらいだっただろうか。

最初は、レトルトのカレーを温めるだけで精一杯だったけれど、いつしか、野菜を切り、材料を炒め、鍋いっぱいのカレーを作ることができるようになった。隠し味も何もない。カレールウの箱の裏に書いてあるとおりに作った、シンプルなカレーだ。

「おばあちゃんの人生の中で、璃子のカレーが一番美味しかった」

初枝の言葉に、隠し味は料理に込めた思いだったのかもしれない、と璃子は気づいた。初枝や母親が喜んでくれるようにと慣れない手付きで作ったカレーが、忘れられない味を生み出したのだろう。

✿

青海波をモチーフとした格子で飾った窓の向こうに、夜の帳《とばり》が下りる。食事と入浴を済ませ浴衣に着替えた初枝は、桧の座椅子に座って璃子が淹れたお茶を飲んでいた。

「璃子のカレーはやっぱり美味しかったね」

初枝の表情は満ち足りていた。

野菜をレンジで加熱した時短カレーの隠し味は、真心と甘酒だ。甘酒を加えることでコクと旨味がプラスされ美味しくなる。

「喜んでもらえて良かったよ」

今夜だけ特別に、初枝の部屋に泊まることにした璃子もすでに浴衣姿だ。

「ふぐ刺しまで食べられるとは思わなかった」

初枝はにっこりする。カレーだけでは不躾《ぶしつけ》だと思ったのか、宿の厚意により、高級魚であるふぐの刺身が振る舞われた。皿の柄が見えるように薄く引かれたふぐは、菊の花のように盛られ、まさに食べられるアートだった。

「わたしもびっくりしたなぁ」

初枝は、赤身のまぐろより白身魚の刺身が好きだ。ふぐは璃子の故郷、山口県下関市《やまぐちけんしものせきし》の名産品で、福にひっかけ「ふく」と呼び、縁起の良い魚として愛されている。

(これ以上のおもてなしなんてないくらいだよ)

しかもそのふぐは、恵比寿が釣って、藤三郎がさばいた。ふぐには毒があり、ふぐの種類によっても食べられる部位が違うため、調理には専門性が必要である。豪華で美しい薄造りは、職人の技だろう。

「身はぷりぷり、皮はこりこりで、美味しかったね」

ふぐの食感を思い出し、璃子はうっとりする。淡白な味のふぐは、ねぎとポン酢ともみじおろしでいただくのが最高に美味しい。

「贅沢な一日だったわ」

疲れたのか、初枝はあくびをする。

「もう、寝ようか？」

本当は眠りたくない。明日が来なければいいのに。まだ話したいことがたくさんある。だけど。

「おばあちゃん、会いに来てくれて、ありがとう」

本心を隠して、璃子は初枝を気遣うのだった。

「璃子の顔を見ながら眠るのは久しぶりね」

ベッドに横たわる初枝を見て、璃子の胸は切なく締め付けられる。

「璃子が皆に大事に思われているのが分かって、おばあちゃん安心したよ」

初枝はゆっくりと瞼を閉じる。

(おばあちゃん……)

静かに眠りにつく初枝を見ながら、璃子は別れの日を思い出していた。

✿

まだ夏の気配が残る、高校二年生の二学期——学校に初枝が危篤であると連絡が入り、自転車に乗って病院へと向かった、あの日。

いつもより坂道が急に感じる。ペダルが重くて前に進めない。海風は湿っぽく、体温は上がっていくばかりだ。

（もっと、もっと急がなきゃ）

心ではそう思うのに、未来を知るのが怖かった。

璃子は汗だくになって、初枝の病室に辿り着く。先に来ていた母親が、すでに意識のない初枝の手を握っていた。

「璃子も、おばあちゃんの手を握ってあげて」

母親の声は震えている。

璃子は恐る恐る、初枝の手を取った。まだ温もりが感じられ、ホッとする。

静かな病室に、人工呼吸器の機会的な音がやけに響いていた。初枝の荒い呼吸は段々と間隔が空き、穏やかになっていく。

璃子は奥歯をぐっと噛み締め、神様に祈った。

（おばあちゃんを連れて行かないで）

すると、心に吹き抜ける風を感じたような気がした。さらに、懐かしい景色を切り取ったようなシーンが、頭の中に次々と浮かぶ。

葉っぱの上のてんとう虫。

たんぽぽの綿毛。

夕日を映す水田。

夏の夜のホタル。

肩に止まるとんぼ。

一面の雪景色。

璃子にとって宝物のような思い出の欠片《かけら》たち。全部、祖母の初枝と一緒に、見慣れた風景の中で見つけた大切なもの。璃子が暮らす小さな世界にも、美しいものがたくさんあることを初枝は教えてくれたのだ。

母親のいない日曜日。

玄関先の黄色い長靴。

ふいに涙が込み上げてきて、璃子は戸惑った。

記憶の奥底から初枝の声が聞こえてくる。


——今日は雨だから、おばあちゃんと一緒にお家でぬりえしようか。


たいくつな雨の日の過ごし方。

新聞紙を濡れた靴に詰めて乾かす方法。

空が晴れたら、てるてる坊主にはお礼にお酒をあげる決まり事。

ごく普通の生活の中で、初枝が教えてくれたことは数え切れないほどあった。

それでも、もっと知りたいことがある。まだ話したいことがある。

（おばあちゃんを連れて行かないで……！）

璃子はさらに強く歯を食いしばった。今にも涙が零れ落ちそうだったからだ。

初枝と過ごした優しい日々が、思い出になるなんて知らなかった。こんなに早く別れが来るとは思わなかった。

苦しくて辛くて悲しいのに、いつだって、記憶の中にある夏の空は青々と鮮やかで、雲は光り輝いているのだ。初枝と過ごした日々を、璃子は絶え間なく思い浮かべていく。

（きっと……そこにおばあちゃんがいるからだ）

大好きな人たちがいる景色は、どんなに時間が経っても眩しいままなのかもしれない。切ないのは、気づいたときにはもう、美しい景色は遥か後方にしかないことだ。そこは、二度と戻ることのできない、記憶の最果てだった。

病室の白い壁が目に入る。

母親が嗚咽《おえつ》していた。

初枝の呼吸が消えていくのが璃子にも分かる。

やがて、璃子の見ている前で、命が、しんと静まり返った。

残ったのは、無機質な機械音。

いずれ、この瞬間も過去になる。汗で纏わりつく制服や、ぐちゃぐちゃの前髪と一緒に、遠くなっていく。

（おばあちゃんとの思い出、忘れたくない）

璃子の頬を一筋の涙が伝った――。

✿

窓の外が白む。仄かな朝の気配に、璃子は目を覚ました。見慣れない部屋。肌に触れるシーツはいつもと違う感触。しばらく考えて、ここが客室だったことを思い出す。

隣のベッドに目をやると、もう、初枝の姿はなかった。

すべて、神様が与えてくれた優しい夢だったのかもしれない。

「おばあちゃん……」

呼べばすぐにやってきて、柔らかな手のひらで頭をなでてもらえそうな気がしてしまう。しかし、二度と触れてはもらえないと分かっていた。

抜け殻のベッドに手を伸ばす。シーツはひんやりとしている。どんなに美しい景色が記憶に刻まれていようと、消えた温もりを感じることはできなかった。

それでも心に耳を澄ませば、いつでも初枝の声が聞こえる気がした。

――おばあちゃんはいつも璃子を見守っているからね。

璃子は布団の中に潜り込み、声を殺して泣いた。今もどこかから初枝が見守ってくれているのなら、泣いているところは見せられない。

大人になった今の璃子は、当然叶わない願いがあることを知っている。それでもやはり願わずにいられなかった。

(わたしにできることを精一杯頑張ります……だから、お願いします)

どうか、わたしの大事な人たちがいつまでも笑顔でいられますように——璃子は神様に祈った。


野菜を刻む音、ぐつぐつと鍋が煮える音。厨房で鳴る音はどこかリズミカルだ。

それに合わせるかのように、璃子もテンポよく食材を洗っていく。

「はぁ……お腹空いた。何でもいいから食べさせて〜」

帯の下辺りからぽっこりお腹が膨らんだビャクが、よたよたしながら厨房へやってきた。

「こ、こらぁ！　あぶねーだろうが、さっさと出ていけっ。お腹の子になんかあったらどうすんだ」

鉢巻をした人型の藤三郎が包丁を振り上げた。

「落ち着いてください。藤三郎さんのほうが危ないです」

璃子は興奮する藤三郎を押し止める。

「この子たちも、お腹が空いているんです！」

あっという間に膨らんだ不思議なお腹に手を当て、ビャクはキッと藤三郎を睨みつけた。兎にも角にも、母は強し、である。

ビャクが食欲を失くした原因はつわりだったのだ。そして体調が落ち着いた今は、以前にも況《ま》して食欲旺盛で、一日中お腹を空かせている。

ビャクは妖狐《ようこ》であるため、多胎妊娠で妊娠期間も二ヶ月弱ほど。早々と来月には赤ちゃんたちが生まれてくるらしい。

（ビャクさんがママになる）

ビャクのおめでたには璃子も驚いた。しかし、今となっては楽しみでたまらない。

ビャクでさえあんなに可愛いのだから、生まれてくる子供たちはどれほど可愛いことだろう。トコヤミのパパぶりも微笑ましいはずだ。さらに。

（伊吹様の反応も見ものだ）

子狐と伊吹の様子をほんの少し想像しただけで、璃子は身悶《みもだ》えしそうになった。あのぶっきらぼうながらも端整な顔が、キツネの赤ちゃんを抱いてどんな表情になるのか。

（尊い）

　璃子は両手で顔を覆って俯き、にやけるのを耐えた。ふと、「推しは遠くから拝むもの」という吉乃の言葉が降りてきて、すぐさま顔をあげる。

「やっぱりわたしは、近くで拝みたい」

　大切な人たちのいい表情を、すぐそばで見ていたいと璃子は思った。

　出張中の伊吹も夕方には戻る予定だ。ビャクの妊娠と伊吹たちの無事の帰還を祝って、今夜は宴である。ご馳走の準備を手伝うために、璃子も厨房に駆り出されたところだった。

「お腹ペコペコなんですがっ」

　空腹に耐えかねて暴れだしそうなビャクを、璃子はなだめる。

「とりあえず、おにぎりで我慢してくださいね」

　具材はシンプルに、昆布の佃煮《つくだに》、梅干し、おかか。

　璃子はビャクとこれから生まれてくる子狐たちのために、ツヤツヤのごはんでふっくらとおにぎりを握った。


　白い皿に、まぐろ、甘海老、かつおの刺身を盛り、つまではなくベビーリーフを飾る。鮮やかで光沢のある魚介は、それだけで食欲をそそった。

「藤三郎さん、本当にいいんですか？」

璃子は盛り付けの手を止め、料理長の藤三郎を振り返る。

「今日はいいんだって。璃子の好きにしな」

璃子の料理を確認するでもなく、藤三郎は酢飯をぱたぱたと団扇《うちわ》であおいでいた。

いつもなら、「何だ、その刺身の盛り方は！」と叱られそうなところだが、今日はやけに寛大だ。

璃子は、それならばと黙々と料理を続ける。

まず、小さなボウルに、オリーブオイルとすだちの搾り汁を入れ、泡立て器で軽く混ぜ合わせる。そこへ、だし醤油とすりおろしたにんにくを少々加え、ソースを作った。

「このソース、色んな食材に合うんだよね」

すだちの酸味とだし醤油の味わいがミックスした特製ソースは、魚介だけでなく肉や野菜とも馴染みが良さそうだ。

皿に盛られた刺身へとソースをかける。江戸前刺身のカルパッチョができあがった。

「にんにくの香りは食欲を刺激するなぁ」

さっぱりしながらも、満足感ある一品になるはずだ。瑞々しい赤と緑、見た目の華やかさも気分があがる。

「さて、宴にふさわしい料理はないかなぁ」

璃子はいつものように、イメージの中で『七珍万宝料理帖』をめくっていく。そこで、田楽《でんがく》が目に止まった。田楽と言えば豆腐に味噌を塗ったものである。しかし、璃子が見つけた田楽は、大根やれんこんなど、野菜に味噌が塗られたものだった。

ふと、璃子は思いつく。

「味噌を使って野菜をグリルしたいな。色んな野菜をミルフィーユみたいにしたら、パーティーメニューになりそう」

するとすかさず、藤三郎が言った。

「博多焼《はかたや》きだな」

「博多焼き、ですか？」

「そうだ。博多帯の柄のように、食材を重ねて縞模様にする料理のことだ。博多煮や博多揚げなんかもそうだな」

璃子は伊吹たちを見送るときに着付けてもらった、美しい博多帯を思い出し、ときめいた。なんて綺麗な料理名だろう。

「博多焼きにします！」

璃子はさっそく、れんこん、かぼちゃ、茄子、さつまいもをスライスする。切った野菜は耐熱皿に交互に立てて重ねながら並べ、味噌マヨネーズとチーズをかけて、オーブンで焼いた。

野菜に火が通り、こんがり焼き目がつけば、秋野菜の博多オーブン焼きの完成だ。

味噌マヨネーズとチーズの香ばしい匂いに、期待は高まる。れんこんのしゃくしゃくとした歯ごたえや、かぼちゃのホクホク感など、秋野菜の食感を想像するだけで楽しくなってきた。野菜の自然な甘みが口の中に広がれば、幸せな気持ちで満たされるだろう。

「それから、ねぎま、と」

ねぎま、とは「ねぎ」と「まぐろ」のことだ。江戸時代にはじまったと言われる、ねぎとまぐろの鍋から来ているらしい。璃子は、ねぎまを現代風にアレンジしようと考えた。

「おい、璃子、おいなりさんのあげはできてるのか？」

藤三郎が思い出したように言った。

「はい。炊飯器の中に」

「飯じゃねえよ。あげのほうだ」

「おあげは炊飯器の中にあります」

「ばか言ってんじゃねえよ、って、何でここにあげが！」

炊飯器の蓋を開け、藤三郎が目を白黒させる。

「ほう。味も染みてそうだな」

「作り方は鍋で煮るのと同じなんです。炊飯器に入れてスイッチオンしておけば別の作業ができますから」

璃子は少しだけ得意げになる。ただし、炊飯器の機種によっては調理できないものもあるため、そこは注意が必要だ。

「なるほどな。さっそく酢飯を詰めるか」

藤三郎は軽めにあげを絞った。じゅわりと染み出す煮汁の濃い色を見ただけで、甘じょっぱい味が想像できてしまう。つやつやに輝く酢飯とジューシーなあげが合わされば、もう無敵である。

(ビャクさんの大好物なんだよね)

絶品いなり寿司をほおばったビャクは、きっと美味しさに目を細めることだろう。

「あげが甘いぶん、酢飯は酢を効かせて砂糖を控えめにするんだ。そのほうが、メリハリが出て美味いってもんさ」

次から次へと、藤三郎は器用にあげに酢飯を詰めていく。

早く皆の笑顔が見たいと、璃子もねぎまのアレンジ料理にとりかかる。

一口サイズに切ったまぐろは、だし醤油で味付けしたあと、片栗粉をまぶし油で揚げる。

醤油、砂糖、酒、しょうがの搾り汁を入れた鍋を火にかける。みじん切りにしたねぎを加え、とろみが出ればねぎソースのできあがりだ。

「まぐろの竜田揚げ香味ねぎソース載せができました」

揚げたての竜田揚げと香味高いねぎソースが絡む、カリッと美味しい一品だ。

「一人前に、シャレた名前つけやがって。さて、冷めねぇうちに配膳だな」

藤三郎のいなり寿司もできあがったようだ。

「ところで、そこの大鍋は？」

コンロで煮込まれ続ける鍋からは、出汁のいい香りがずっとしている。

「開けてみな。俺から璃子へのサプライズプレゼントだ」

蓋を開ければ、鍋いっぱいのおでん。なぜ「おでん？」と最初は驚いたものの、感激した璃子の胸もいっぱいになる。真心の込められた料理はもちろん、藤三郎らしくない分かりやすい優しさは、璃子にとって嬉しいサプライズだった。


璃子が以前作った〝とうめし〟は、老舗おでん屋さんのメニューである。おでんのつゆで豆腐を煮ることによって、様々な具材から出た出汁を豆腐が吸い、何とも言えない味わいになるのだ。

（おでんの残り汁で、明日も〝とうめし〟を作ろう）

藤三郎の粋なプレゼントに楽しい気分になった璃子は、おでんが入った大鍋を持って宴の準備が整う十八階へと向かう。ずっしり重たい鍋を運ぶのは、さすがに一苦労だった。

ふぅ、と一息ついて、賑やかな声が聞こえる大広間に足を踏み入れたところ、いきなりクラッカーの音が鳴り響いた。

「璃子さん、お誕生日おめでとう！」

思いがけない、スタッフたちからのお祝いの言葉。ビャクと雪を先頭に、宴に集まった皆から拍手が送られる。辺りを見回せば、座敷には不釣り合いな、バルーンやガーランドが豪盛に飾られていた。

「どうして……」

そう言えば、どうして、今日が璃子の誕生日だと、皆が知っているのだろう。驚きと喜びで、璃子は混乱した。

「料理は私たちが運びます」

出張から戻ってきた桜が、璃子の手から鍋を受け取る。

「璃子ちゃん、俺の隣においでよ。頑張った璃子ちゃんには、俺がいっぱいサービスしてあげるね」

後ろから恵比寿に両肩を掴まれ、璃子は逃げられなくなった。

「あ、あのっ」

そこへいきなり、天井付近から鞘《さや》に入った刀が落ちてくる。恵比寿の背中をかすめた刀は、畳の上で半回転した。刀の柄《つか》がくるぶしに当たり、恵比寿は飛び上がる。

「いてー！　ライトに殺そうとしただろ！」

恵比寿が涙目になったすきに、今度は誰かが璃子の肩を引き寄せた。振り返れば、揃った前髪の下に切れ長のきりりとした目。臙脂色《えんじいろ》の着物に黒茶の羽織は、いつもより大人の雰囲気を漂わせている。

「恵比寿様、留守中はお世話になりました。私はこのように無事に戻りましたので、もうお帰りになられても結構です」

璃子を取り返した伊吹が、勝ち誇ったような表情で立っていた。

「伊吹様！」

「璃子、私が留守の間、何事もなかったか？」

「は、はい。あったような、なかったような」

久しぶりに伊吹の顔を見てホッとしたせいか、璃子は自然と笑顔になる。

「ブッキー、てめぇ、危ないだろーが！」

刀を持ち上げ激怒する恵比寿にも、伊吹は平然としていた。

「手が滑ってしまい、申し訳ありません。とはいえ、恵比寿様ともあろうかたが、このくらいどうってことないでしょう。さて、璃子、食事にしよう。皆が待っておる」

「伊吹様もご一緒に、お食事を？」

「たまには良いだろう」

「皆も喜ぶと思います」

璃子と伊吹の仲の良い様子に、恵比寿は唇を尖《とが》らせた。

「璃子ちゃん！」

「わっ、恵比寿様、何す……」

いきなり恵比寿に手首を掴まれ、璃子は驚いてしまう。

「璃子ちゃん、良かったね。ブッキーに大事にされて。そうは言っても、何があるか分からないのが、男女の縁。陰気なブッキーに愛想を尽かしたら、俺のところにおいでね」

恵比寿なりに心配してくれていたのだと分かり、璃子は素直にありがたいと思った。

ところが伊吹は、そんな恵比寿が気に入らない。

「余計なお世話……いえ、余計なご心配は無用です」

余裕なさげに、恵比寿から璃子を奪い返した。

「ブッキー、この野郎」

「しつこいのはいかがなものか」

睨み合う二人に、璃子は苦笑しながら伊吹の背中を押す。

「さあ、あちらへ」

「まったく、せっかくの宴だというのに」

「これからですよ」

ただでさえ、璃子の心は弾んでいた。

大勢で和気藹々《わきあいあい》と食事をするのは何ヶ月ぶりだろう。楽しい気分は料理をさらに美味しくしてくれるはずだ。我慢が報われた今日の日が、自分にとっても特別な日であることが嬉しい。

「そうでした……！　伊吹様、おかえりなさいませ。ご無事で何よりです」

璃子は改めて、神様を拝む。

「寂しい思いをさせてすまなかった」

照れくさいのか、そっぽを向いて伊吹は言った。

「えっと、ああ、はい」

(寂しいと感じる暇もなかったんだけど……)

適当な返事に気づいたのか、伊吹はじっとりした目で璃子を見ている。

「お食事にしましょう！」

ごまかすように、璃子は伊吹を上座へと誘った。

伊吹をそばに感じることで、璃子は自分らしくいられる。

(かわいそうなわたしは、どこにもいない)

美味しい食事、皆の笑顔。璃子の心はじゅうぶんに満たされ、小さなわだかまりはいつしか消えていた。大事な人たちの健やかな姿を身近で見ていられることが、奇跡とすら感じられる。

できることなら、ずっとここにいたい、と璃子は強く思った。

「璃子も私の隣へ。本日の主役だからな」

伊吹が璃子へと手を伸べた。

上座には金屏風とふたつのお膳が並んでいる。盃まで並び、まるで祝言の膳のようである。妙な緊張感を覚え、璃子はほんのり頬を赤らめた。

見回せば、誰もが二人を見守るように、柔らかな笑みをたたえていた。気恥ずかしくなった璃子は、落ち着かなくなる。それでついつい、食事とともにお酒が進んでしまうのだった。

宴の途中で姿を消した伊吹を探して、璃子は大広間から外廊下へ出た。古の旅館を模した風情ある回り廊下は、歩く度に、キュッと板が鳴る。建具から漏れる灯りと月明かりで、足元は明るかった。

ふわりと、風が吹いた。少し酔っ払っているのか、火照った顔に冷たい風が気持ちいい。

吹き抜ける夜風に誘われるように進んでいくと、廊下にぺたりと座り、稲穂の意匠が施された欄干《らんかん》に肘をかけ、ぼんやりと窓の外を眺める伊吹の姿が目に入った。

「伊吹様、どうされましたか？」

どこか具合でも悪いのだろうかと、璃子は心配した。

「……別に。にぎやかなのに慣れないだけだ」

伊吹はちらりと璃子を見やると、すぐさま外の景色に視線を戻した。そこには月明かりがあるだけで、あとは真っ暗な闇だ。地上十八階の高さからでは、下を覗くことも恐ろしくてできない。一歩下がった位置で、璃子が立ち尽くしていると、伊吹はもう一度振り返った。

「璃子、こちらへ」

伊吹が今、何を考えているのか璃子には分からない。難しそうな顔をしているのはいつものことで、だからと言って常に不機嫌なわけではない。

（わたしも、どんな顔をすればいいのか分からないときがある）

恥ずかしかったり、まごついたり、緊張したり。相手に良いところを見せようとすればするほど、空回りする。

璃子が慎重に一歩進むと、もどかしそうに伊吹が手首を掴んできた。

「わっ！」

勢いよく引かれ、思わず廊下に膝を付く。つっけんどんに伊吹は言い放った。

「出雲土産だ」

もぞもぞとした感覚のあと、璃子の手首にはカラフルな天然石の勾玉《まがたま》がついたブレスレットがはめられていた。

驚きと戸惑いで、やはりどんな顔をすればいいのか分からなくなる。すぐに言葉が出てこずに、璃子はただじっとブレスレットを見つめることしかできない。

表面がつるんとした勾玉はどれも思い出深い色をしており、懐かしい景色の中へ璃子の意識を誘った。

稲穂の揺れる田の向こうに、民家が見える。母親と暮らした古い家は、まだあそこにあるのだろうか。あの頃を思うと、ほんの少し胸が切なくなる。一瞬であの場所へと、心が引き戻されてしまう。

璃子の心ははっきりと、青緑色の瓦屋根の一軒家を眺めている。玄関の引き戸を開けると流れ出てくる、何とも言えないホッとする匂いまで漂ってくるようだった。

（きっとあれは、台所に作り置きしてあるごはんの匂いだ）

時々ご褒美のように、居間から祖母の初枝が「おかえり」と顔を出してくれる。あの瞬間の喜びまでも、じわりと胸に広がった。

次第に、仄《ほの》かな潮の香りが混じる。すると心は、海へと向かった。水着のまま線路を渡り、浜辺まで走った夏の日。振り返ると、浮き輪を持って追いかけてくる母親の姿があった。勾玉の色の中に、思い出たちがありありと浮かぶ。

砂浜に近い海の浅葱《あさぎ》色。

通学路に咲き誇る桜色。

祭りの提灯《ちょうちん》は紅色。

甘いシロップの琥珀《こはく》色。

まるでキャンディのような透明感。月の光に照らされ輝く勾玉を見ていると、吸い込まれそうになる。

(綺麗……)

ドキドキしながら、璃子は訊いた。

「あ、ありがとうございます。これ、誕生日プレゼントも兼ねてますよね？　おばあちゃんを呼んでくれたのも、わたしの誕生日を知っていたからじゃないですか？　わたしの誕生日を皆に知らせたのも伊吹様ですよね？」

お酒のせいもあって、矢継ぎ早に言葉を発する。一度溢れ出すと、思いは止まらなくなった。

(わたし、何も言ってないのに、どうして分かるの？)

伊吹ならば、璃子のことを何でも知っていておかしくはない。だって神様なのだから。未来のことも、過去のことも、全部知っているのかもしれない。

そこで、もしかしたら、と璃子は思う。

「そ、それから……わたしのこと、ずっと見てました？」

祖母の初枝と見た宝物のような景色のことも、全部、伊吹は知っているのではないか。ふと、そんな気がした。

伊吹がじっと璃子の目を見つめてくる。今の璃子を通して、過去や未来を見ているような、曖昧に揺らぐ、美しい瞳。伊吹の澄んだ瞳も、勾玉のように神秘的だった。

「…………どうだろうな」

そう言って視線を外し、伊吹は月を見上げた。

「ただ、私は、璃子がこの世に生まれたことを嬉しく思う」

一際強く風が吹き込み、伊吹の煤色の髪をなびかせた。

(な、なんという殺し文句！)

璃子は間近で見る伊吹の横顔をそっと見つめながら、恥ずかしさはあるけれど、じわじわと嬉しさが勝っていくのを感じる。素直に、誰かが自分の誕生を祝ってくれることの喜びを味わっていた。

「もしかして、このお土産って、伊吹様が前に言っていた、一番大切なものじゃないですよね？」

「一番大切なものはとっくに授けた」

平然と伊吹は言った。

「えっ……？　どれですか？　何のこと？」

さっぱり見当がつかない璃子に、「さあな」と伊吹はとぼけるだけだった。璃子はあきらめて、膝立ちの体勢から正座する。これでじっくり話もできそうだ。

「ビャクさんに赤ちゃんが生まれたら、忙しくなりそうですね。わたしもしばらくはこちらに残って、できるだけお手伝いしますね」

「良い心がけだ。皆も助かるだろう。璃子がこちらでどれだけのんびりしたところで、ウツシヨでは夢と同じ」

「夢と同じ？」

「そうだ。長い夢のようなもの。せっかくこの世に生まれたのだ。夢をも楽しむがいい」

伊吹は意味ありげに微笑んだ。璃子は今ひとつ理解できなかったが、焦って聞き出す必要もないと思った。まだ時間はいくらでもある。何より今は、伊吹から受け取った真心だけで、じゅうぶんに満たされている。

「あの、すごく嬉しいので、もう一度言いますね。素敵な誕生日プレゼントをありがとうございます。伊吹様のおかげで、最高の誕生日になりました」

これほどすらすらと素直な気持ちが口をつくのは、少し酔っているせいかもしれない。

璃子はこのふわふわした気持ちならいくらでも、伊吹への感謝を伝えられそうな気がした。

「不思議ですね。結局、伊吹様と一緒にいるときが、わたしがわたしらしくいられるような気がします」

その言葉に、伊吹は驚いたように目を見開いた。

「そ、そうか」

照れくさそうにしたあとで、いきなり欄干から身を乗り出し闇夜に手をかざす。

「伊吹様、危ない！」

慌てた璃子は伊吹の腰にしがみついた。伊吹がこの高さから落下してしまうのではないかと驚いたからだ。しかし、伊吹は落ち着いていた。

「ほら、璃子、見てみよ」

月の光が一段と明るくなった夜空に向かって、璃子は顔をあげる。

「うわ……」

視界を横切る、鮮やかな朱色と黄色。眼前に広がる美しい光景に、璃子は息を呑んだ。

夜に舞うのは、秋色の紙吹雪だ。風に乗って、数多《あまた》の紅葉や楓《かえで》の葉がひらひらと舞い踊っている。夜空には、天の川ならぬ、紅葉川が流れていた。

スマホのカメラに収めようかという考えが一瞬頭を過ぎったが、無粋なことはやめておくことにした。

しばらくすると、萌葱《もえぎ》色のぼんやりとした光を放つ、泡のように小さな玉がいくつも現れた。

「もしかして、蛍？」

ふわふわと点滅する優しい光を、璃子は目で追う。

「秋蛍だ。珍しいだろう？」

伊吹の手の甲に、儚い光が止まった。まるで、仲間にここにいるよと知らせるように、じっとしたまま光を放っている。

「なんて綺麗……」

「命は麗《うるわ》しいな」

伊吹の言葉に、遠い記憶の中にある美しい景色のことを璃子は思い出した。あの眩しさは、命だったのかもしれないと思う。この瞬間も、きらめく命の眩しさに、目を細めたくなるほどだ。

静かに待つ蛍、探しものをするように夜を舞う蛍。ひらひらと踊る秋の葉。

伊吹が見せてくれた、月夜に浮かび上がる幻想的な景色に、璃子はひたすら心酔する。しっかりと記憶に焼き付けるように。

「世の実りか、灯りのみの夜。日頃より喜び」

よのみのりか　あかりのみのよ　ひころより　よろこひ

情緒豊かな回文の歌に璃子は聞き入っていた。

懐かしくて、愛おしい。

不思議な気持ちに璃子は戸惑う。

その感情は遠い過去から呼び起こされているように感じられた。

もし前世があるならば——その時代も伊吹の美しい歌を聞いていたのではないだろうか。もし別れがあったのならば——生まれ変わって再び、この心を洗うような澄んだ声が聞きたいと願ったのではないだろうか。

ふと浮かんでは消えていく思い。

もどかしくて、切ない。

穏やかで、優しい。

伊吹に惹き付けられて、動けなくなる。きっと神秘の力なのだろう。それでもこのまま魅了されていたいと、璃子は思う。

この夜だけは急いで明けないでほしい。時計の針がゆっくり進めばいいのに。

顔が熱いのは、酔っているせい。鼓動が高鳴るのは、美しい夜のせい。心を鎮めるように深く息を吐く。

さすがの伊吹も、繊細な心の動きまでは読み取れないようだ。おかげで璃子は、安心して伊吹の隣から秋夜を見上げていられた。いつまでも、冷たい夜風に吹かれていられた。

肆　誰そ彼ドロップ

凍空《いてぞら》の朝に、璃子は白い息を吐く。半纏《はんてん》を羽織っていても、外は震えるほど寒かった。宿に向かって薄らと伸びる霜道が、朝日を浴びてきらめく。まるでダイヤモンドの粒が輝いているようだ。それだけで、朝の仕事がいつもより楽しくなった。

とはいえ、のんびりはしていられない。玄関扉の前には枯れ葉や折れた枝が散らばっている。璃子は素早く掃き掃除を済ませ、かじかんだ手をこすって温めた。

桧の扉から中に入れば、吹き抜けのエントランスが広がる。天井から下がる色彩豊かなペンダントライトが、空間を明るく照らしていた。璃子は草履を脱いで下駄箱にしまう。その後、埃《ほこり》やゴミは落ちていないか目を凝らしながら、畳敷きの廊下を進んで行った。

エントランス奥に飾られた装花はすでに冬仕様である。六つの花をイメージした白いバラとトルコキキョウは、上品であり、柔らかな印象だ。

ここでいったん心を和ませたお客様は、エレベーターへ乗り込み二階のロビーへと向かう。

「エントランスは完璧だ」

璃子はホッとして微笑む。しかし、エントランスだけではない。ロビーや客室、大浴場や食堂まで、くまなく見て回らねばならない。

「レストランのメニューも確認しないと」

璃子はひとりごとのようにつぶやくと、半纏を脱ぎながら急ぎ足で次の仕事へ向かった。

様々な仕事をこなすうちに、いよいよチェックインの時間が近づく。璃子は姿勢を正し、襟元を整えた。さらには、鏡を前に身だしなみや表情をしっかり見直す。雪や桜たちとも、どこかおかしなところがないか互いに確認し合った。

いよいよ、若女将としてお客様の出迎えだ。璃子はいつものように、「よし」と気合いを入れる。

その日、境目のたまゆら屋に、珍しく人間のお客様がお越しになった。何か事情があるのだろうが、当然詮索はしない。お客様でもそうでなくても、来る者は拒まず去る者は追わずが、境目でのルールである。

人間のお客様は、チェスターコートの下にブリティッシュスタイルのフランネルスーツを着こなす、木崎《きざき》という七十代の紳士だった。

木崎はロビーを見回し、満足げな表情を浮かべている。どうやら、和の雰囲気をお気に召したようだ。館内は暖房が効いて暖かだ。ビャクに代わってフロント係を務める菫が、木崎のコートを預かった。

「ようこそおいでくださいました。どうぞ、ごゆるりとお寛ぎくださいませ」

着物姿の璃子は、落ち着いた様子で若女将らしく挨拶する。木崎は少しだけ、驚いたような顔をした。

「君が女将さん？　若いのに立派だなぁ。着物も似合っているね」

木崎は感心しきりといった様子である。璃子は嬉しさと恥ずかしさで、仄かに頬を染めた。

「あ、ありがとうございます。若女将の璃子です。まだ、バイトみたいなものですが、精一杯おもてなしさせていただきます」

ぺこぺこと頭を下げる璃子に、木崎はウィンクしてみせた。

「そちらが素だね。非常にチャーミングだ」

璃子はさらに顔を赤くする。これほどストレートに好意的な言葉を投げかけられることは、そうそうない。リップサービスだとは分かっていても、経験値の低い璃子は素直に照れてしまう。

「君を見ていると、若い頃の妻を思い出すよ。実際の璃子さんは、僕からすれば孫娘みたいなものだけどね」

木崎の優しい瞳や、深く刻まれた顔の皺が、人柄の良さを表している。初めてのお客様だというのに、璃子はさほど緊張せずにいられた。

「お疲れではありませんか？　お飲み物をお持ちいたしましょうか？」

「お願いしようか。璃子さんの淹れたお茶は美味しそうだからね」

気さくな木崎に親しみが湧き、自然と璃子の顔に笑みが浮かぶ。

「コーヒー、紅茶、緑茶がございますが、どれにいたしますか？」

「緑茶をいただこう」

璃子はロビーのソファーに木崎を案内し、カウンター裏のミニキッチンへ下がった。

(丁寧に、心を込めて)

璃子は心の中でつぶやく。

緑茶を淹れるのに適したお湯の温度は、だいたい七十度から八十度くらいである。まず湯呑にお湯を注ぎ少し冷ますよう、大女将に教わった。

茶葉をスプーンで掬い、急須に入れる。ふわりと、日本橋の老舗で仕入れた茶葉の、良い香りが鼻先に届いた。

(あぁ、芳《かぐわ》しい)

湯呑のお湯を急須に移し、蓋をして三十秒蒸らす。それから、二、三回、優しく急須を回してから注ぐ。湯呑の中には、美しい淡緑の湖。

「綺麗……」

その透明感に、ふと、伊吹からもらった天然石の勾玉ブレスレットを思い出す。

「あっ、お茶請けもお出ししないと」

お茶に含まれる茶カテキンやカフェインは胃を刺激するため、お茶菓子は、胃の負担を少なくする役割もあるらしい。

璃子は木箱からおまんじゅうをひとつ取り出し、お茶受け皿に載せた。おまんじゅうは、雲を散らしたような模様の和紙、雲竜紙《うんりゅうし》に包まれている。

(お茶が冷めないうちに)

慌てそうになるが、こんなときこそ慎重にいくべきだ。

「お待たせいたしました。もしお腹が空いていらしゃいましたら、先にお菓子をどうぞ」

「いや、大丈夫。いい香りだ」

木崎は湯呑を持ち上げ、笑みを讃えた。一口飲んで、ホッとしたような表情になる。

「落ち着くね。それに、ここはとても静かだ」

ロビーには、客は木崎しかいない。前日から宿泊中の他の客たちは、客室で寛いでいるはずだ。

「静かだけど、息遣いや、温もりを感じる。誰かが見守ってくれているような、心地よさがあるよ」

「神様、かもしれません」

璃子はつぶやくように言った。

「なるほど。神様か」

璃子の言葉を不審がるでもなく、木崎は深く頷く。

「人生最後の旅に、この宿を選んで正解だったな」

「えっ、人生最後の旅……？」

その言葉の重みに、璃子は軽く動揺してしまった。すると、木崎はにっこりと笑う。

「こういう世界があることは、若い頃から何となく感づいていたんだ。作家になる夢を持っていた僕は、この世界のことをいつか小説にしたいと思っていた。だけど、確かめるのが怖かった。強く惹かれながら、越えてはいけないと思っていた。元の世界に戻れなくなると困るからね。僕には大事な人たち……家族がいたから」

言葉を選ぶように、慎重に木崎は言った。

「ご安心ください。必ず、ご家族の下に戻ることができますよ」

しかし、璃子は自信たっぷりに答えるのだ。帰り道に迷ったら、きっと、伊吹が助けてくれるだろう。

「いや、もう戻れなくても構わないんだ。作家になる夢はとうにあきらめたし、それに、僕は病気を患《わずら》っていてね。とうとう主治医から命の期限を告げられた。それで、人生最後の旅ってわけだ」

璃子は驚いて瞠目する。しかし、木崎は淡々としていた。

「心配しないで。僕はじゅうぶん生きた。しかしどうやら、長く生きるだけが人生じゃないようだね。何を学び、何を思うか。つまり、どう生きるかが、人生の充実度を決めるみたいだ。僕は僕の人生を、おつりがくるくらいの素晴らしいものだったと思っていた。妻はあちらで僕を待っているだろうし、息子家族は幸せそうだ。だから、もう何もいらなかった。なのに、ふと、ここのことを思い出してね」

静かに耳を傾ける璃子に、木崎は「大丈夫？」と訊ねた。

「忙しくないかい？　たいくつじゃないかな？」

璃子は左右に首を振る。

「大丈夫です。続きを聞かせてください」

「だったら、お言葉に甘えて。僕はとても貧しい家に育ったんだ。我が家は、両親と兄二人と僕の五人家族。僕たちの父は、新しい事業を始めては失敗する、それを懲りずに何度も繰り返すような人だった。そして一度も成功することなく、とうとう借金だけを残して亡くなってしまったよ。ああ、借金だけじゃなかったな。もうひとつだけ残ったものがあった。借金取りが同情してくれて、ポン菓子機だけは置いていってくれたんだ」

木崎は懐かしそうに語った。

「ポン菓子って分かる？　若い子は知らないだろうな。ポン菓子機をハンマーで叩くと、バン！　って、大きな音がしてね。そうしたら、中からポン菓子が飛び出してくるんだよ」

一瞬、木崎が少年のような顔になる。わくわくしてきた璃子は前のめりになっていた。

「すごいですね。面白そう」

次第に璃子は、自分が物語の中にいるような気持ちになる。木崎の話を聞いていると、不思議と見たこともない風景が浮かんでくるのだった。

✿

象牙色に塗られた箱型の住宅棟がいくつも並んでいる。手入れが行き届いた芝生に渋い松の木と、緑も多い。右を見れば遊びまわる子供たち、左を見れば立ち話する奥様方。昭和の団地は、どこでもだいたいにぎやかだった。

「もう少しだ。頑張れ」

団地の道路を、リヤカーを引く青年が通る。リヤカーを後ろから押すのは中学生くらいの少年だ。荷台にはポン菓子機と、紙芝居を抱えた子供が乗っていた。この子供が、小学生だった頃の木崎である。

木崎と兄二人は、団地の公園に辿り着いた。これから、ポン菓子の実演販売を行うのだ。

父親が亡くなり、母親の内職だけでは心許なく、兄弟はポン菓子を売って家計を助けていた。

気づけば、リヤカーの周りにあっという間に人だかりができている。当時、ポン菓子は大人気のおやつだった。けれども、彼らを支えるものはそれだけじゃない。

「あんたたち、偉いわねえ。今日もたくさん売ってちょうだい」

兄弟の事情を知る団地の人たちは温かかった。困ったときはお互い様。ささやかな人情が当たり前の時代でもあった。

ポン菓子ができるまでの間、二人の兄が子供たちに紙芝居を読んでいた。退屈した木崎は公園の遊具で遊んでいる。しかし、一人だとつまらない。とはいえ、他の子供たちは紙芝居に夢中だ。

何度も兄たちの紙芝居を見てきた木崎は、すでに話の内容に飽きていた。天狗《てんぐ》が泣いて山に帰る結末は、かわいそうであまり好みでない。

「もっと面白い紙芝居がないかな。天狗が活躍する話がいいな」

兄たちが仕事を終えるまで、木崎はブランコに揺られながら、色んな物語を考えるようになった。それがいつしか、木崎にとって何よりも楽しい時間となっていった。

やがて時代は移り変わり、菓子も多様化していく。ポン菓子もほどなくして流行の終焉《しゅうえん》を迎えた。それでも父親と正反対の、現実的でしっかり者の長男は、ポン菓子で蓄えたお金で、木崎を大学まで出してくれた。

「お前は賢いから、いい大学を出て、いい会社に就職しろ。そして、貧乏から抜け出せ」

木崎は長男の言葉通り、一流企業に就職した。

ところが不幸なことに、その長男が若くして命を落としてしまう。横断歩道を渡っていたところ、飲酒運転の車にはねられてしまったのだ。その日、長男は木崎との待ち合わせの場所へ向かっていた。木崎の就職祝いに、食事に行く約束をしていたからだ。

「兄さん、ごめん。僕のせいだ」

木崎は兄が亡くなったことで自分を責めた。せっかく一流企業に就職できたというのに、少しも心は晴れない。しかし、仕事を辞めるわけにはいかない。長男の苦労を無駄にすることは決してできなかった。

ある夜、泥酔した木崎は繁華街の路地をふらふらと歩いていた。

すると、闇の中にふわっと鳥居が現れた。こんなビルの狭間に珍しい。木崎は吸い込まれるように、鳥居をくぐった。

「ここはどこだ？」

繁華街にいたはずが、いきなり辺りが鬱蒼《うっそう》とした森となり、木崎は酔いが醒めるほどに驚いた。恐ろしいとは思うものの、好奇心が勝る。

どうせ夢だろう。だったら少し探検してみよう。木崎はさらに先へと進んでいった。

『こんなところに来るんじゃない。すぐに帰れ』

いきなり耳元で不気味な声がして竦み上がる。さらには、風もないのにざざっと木々が揺れる音がした。そこで木崎は咄嗟に思う。

「もしかして天狗?」

辺りを見回すが、何も見えない。天狗がヤツデの葉で森を扇いだのだったら面白い。怯えながらも木崎はそんなことを想像していた。

『早く家に帰れ。夢の続きはそれからだ』

「うわっ」

先程よりしっかりと聞こえてくる声に、木崎はとうとう腰を抜かしてしまう。

少年・寅吉《とらきち》が天狗の世界に行って修行をする話が描かれた、『仙境異聞《せんきょういぶん》』という江戸時代の本を思い出す。自分も天狗の世界に足を踏み入れたのではないかと、木崎は震え上がった。

物語で描かれる天狗は、黒の装束を着た、鷲鼻《わしばな》の老人だったはず。耳に届く声は、それにしては若々しい。

『幸せに暮らせよ』

「えっ……」

これは、天狗ではない。

天狗がそんなことを言うはずがない。

ぐわんぐわんと鳴る耳を押さえながら、耳に聞こえてきたのは天狗ではなく兄の声だと、やっと木崎は気づいた。

兄ならば、怖くない。木崎の体の震えは止まった。兄ならば、むしろ侘《わ》びたい。兄こそ幸せになるべきだったと伝えたい。

「兄さん、ごめんよ」

木崎は這いつくばって謝った。しかし、兄からの返事はない。

「兄さん……」

しかし、木崎は分かっていた。兄の気持ちは、あの言葉に尽きると。

そばにおらずとも、兄の声はいつも聞こえていたはずだ。子供の頃から何度も、その声に励まされてきたのだから。


――もう少しだ。頑張れ。


優しい兄ならば、今もきっとそう言うだろう。

「兄さん、ありがとう」

兄のぶんも懸命に生きる。それが何よりの恩返しに違いない。そこへ思いが至ると、肩の力が抜けた。

闇の中で、仄かな温もりに包まれているのを感じる。いつか自分も天狗の世界をしっかり見てみたい。そんなことを思いながら、木崎の心は、静かに、穏やかに、なっていった。

「大丈夫ですか？　誰か呼びましょうか？」

その声に木崎が目を覚ますと、すっかり辺りの闇は消えていた。それどころか、空から朝日が注いでいる。

木崎はつぶやく。

「やっぱり、夢か」

路地裏に積まれたゴミ袋の山に埋まって、酔いつぶれた木崎は一夜を明かしたようだ。

「大丈夫です。ありがとうございます」

木崎はスーツを払いながら立ち上がり、声を掛けてくれた若い女性にお礼を言った。

通勤中に木崎を見つけた女性は、警察に連絡しようかどうしようか迷っていたらしい。

「寝言で、天狗がどうとか、仰っていましたよ」

女性はくすくすと笑った。この出会いをきっかけに、やがて彼女は木崎の妻となる。

それから数年後、木崎は縁側と小さな庭がある平屋の一戸建てを購入した。

庭に面した文机の上には、卓上ランプとインク。原稿用紙を前に、ペンを手にした木崎が難しい顔をしている。

　やがて襖の向こうから、乳児の泣き声が聞こえてくる。しばらくすると、我が子を抱いた妻が和室に現れた。

　木崎は慌てて、原稿用紙を座布団の下に隠した。その様子に、木崎の妻は困った顔になる。だけど妻は、気を使って言うのだ。

「少しの間、この子と散歩に出てきますので、ゆっくりしていてください」

　妻は、木崎に小説を書く時間を与えようとしてくれていた。ところが、木崎は首を横に振り、そっとペンを置く。

「三人で散歩に行こう」

　そう言って、木崎は腰を上げた。すると、妻は言う。

「私たちのことは気にしないでください。どうぞ続きをなさって。ごめんなさい。盗み見するつもりじゃなかったんだけど、読んでしまったの。それで……あの……私、あなたの物語がとても好き」

　木崎は面食らったような表情になった。こっそり書いている小説を、妻が読んでいたとは思わなかった。

「続きを書いてください。天狗の話の続き、私も知りたいわ」

「続きは……もう少し待って欲しい。まだ僕には覚悟ができていないようだ」

「覚悟？」

「いや、だから……まずは、僕は君たちと一緒に生きていきたい。物語の続きを書くのは、それからでも遅くないはずだ」

木崎の言い分に納得したわけではないだろうが、妻もそれ以上は何も言わなかった。ぐずる子供をあやすので必死だったのだ。

「ほらほら、泣かないで」

妻の声はひどく疲れている。木崎はどうしたものかと考えた。

――もう少しだ。頑張れ。

ふと、兄のことを思い出す。どこからか、兄が励ましてくれているような気がした。

「散歩には、僕が抱いて行こう」

木崎が我が子を抱き上げると、妻はじんわり涙ぐむ。妻も本心では、三人で出掛けたかったのだろう。

結局、木崎が描く物語は未完のままだった。代わりに、家族の物語はとても温かで幸せなものとなった――。

「……というわけなんだよ」

木崎は再びお茶を口にした。木崎の話にすっかり聞き入っていた璃子は、『たまゆら屋』へと意識を引き戻される。

「あ、あの、わたし、すごくいい話だと思いました。木崎さんは、優しいご主人で、優しいお父さんだったんですね」

しみじみと璃子は言った。

すると木崎は、小さく笑う。

「本当は、誰が何と言おうと、僕は夢を追いたかったのかもしれない。だから今、やっと僕は、あの頃の自分に戻った気がしているんだ。つまり、いよいよ思い残すことはないというわけだ。とにかく最後に立ち寄れて良かったよ。これからのんびり、小説を綴るのもいいかもしれないね。それにしても、ここが桃源郷《とうげんきょう》だったとは」

「桃源郷……」

「生き生きとした君を見ていると、余計にそう感じるよ。きっとここでは、夢物語を誰も笑ったりしないんだろうってね。だから僕もついうっかり、おかしなことを口走ったってわけさ」

「少しもおかしくありません。そういう意味でしたら、たぶん、ここは、桃源郷です」

璃子は木崎の目を見て、そう答えた。

「ありがとう。いい宿だね」

おそらく、木崎は神様もあやかしさえも否定しないだろう。大した説明をせずとも、すんなりと受け入れてくれるはずだ。木崎は招かれた客だ、そんな風に璃子は感じた。

「さて、部屋に行くとするか」

木崎は目を閉じ、眉間を指でつまんだ。疲れているのかもしれない。璃子は優しく微笑みかけた。

「お部屋にご案内しますね」

璃子がお茶を下げようとすると、木崎の手が和紙に包まれたおまんじゅうに伸びる。

「おまんじゅう、いただくよ。実は、甘いものは好物なんだ」

照れくさそうに笑って、木崎はおまんじゅうをポケットに入れた。

「妻に会えるのが楽しみだ。妻はおじいさんになった僕に驚くだろうか。それさえも楽しみだ。彼女より長く生きたぶん、彼女に聞かせたい話がたくさんある。困ったな。大長編になりそうだ」

少しも困っているようには見えない。木崎は楽しげである。璃子は、まだ木崎は夢を追いかけていると感じた。

どんな物語が綴られるのだろう。きっと素敵なものに違いない。

満ち足りた木崎の表情は、璃子の心も明るく照らしてくれていた。

寒天と砂糖を煮詰めて冷やし固め、ざらめ糖をまぶした『金玉糖《きんぎょくとう》』という菓子が、江戸時代のレシピとして残っている。現在では『琥珀糖』という呼び名もある砂糖菓子だ。透明感ある色とりどりの琥珀糖は、璃子が伊吹からもらった出雲土産の勾玉を連想させた。

そこで璃子は伊吹のお茶菓子に、琥珀糖を作ることにした。

鍋に砂糖、粉寒天、水を入れ、火にかける。焦げ付かないよう混ぜながら、粘りけが出るまで煮詰めていく。本来ならそのように作るのだが。

「今回は、レンジを使った時短レシピで作ったんだよね」

耐熱ボウルに水と粉寒天を入れ軽く混ぜて電子レンジで数分加熱。さらに砂糖を入れて加熱。最後にかき氷のシロップで色を付け、もう一度加熱。三度に分けて加熱しても十分もかからない。あとは、平らな容器やシリコン型に入れて固めるだけだ。

一週間前に作業を終えたのは、ここまで。

琥珀糖は、固まるまで時間を要する。一週間から十日ほどじっくり自然乾燥させ、表面が白く結晶化すれば、ようやく琥珀糖の完成だ。

しゃりっとした食感と、砂糖そのものの甘さ。二百年前もきっと、同じ味がしたのではないだろうか。シンプルだけど味わい深い。

璃子は、多角形の琥珀糖をひとつつまみあげ、光にかざした。

「宝石みたいだなぁ」

浅葱色、桜色、紅色、琥珀色。思い出の中にある色彩を頭に浮かべながら、真心を込める。

「伊吹様のお茶請けに丁度いいよね」

ガラスの瓶へと丁寧に琥珀糖を詰めていく。そろそろ休憩を入れるはずの伊吹のところへ、これから届ける手はずだ。

着物が汚れないよう帯に挟んで垂らしておいた手ぬぐいを外し、たすき掛けの腰紐を解く。撫子《なでしこ》色の地に花柄が可愛らしい着物は、今日も璃子を初々しい若女将へと仕立てた。

「さて。お持ちいたしましょう」

璃子は琥珀糖の小瓶を手に、厨房を出てエレベーターに乗り込んだ。

十八階に到着したら、廊下を突き当たりまで進む。一番奥の部屋は、いつも伊吹が籠もって仕事をしている執務室だ。

木枠にステンドグラスが入った執務室のドアは、半分ほど開いている。色ガラスを通した光が、赤や緑に廊下をうっすらと染めていた。ふわりと、ドアの隙間から吹き流れてくる冷たい風。この寒空の下、窓が開いたままだったら大変だ。

「失礼します」

コンコンとドアをノックするが返事はなかった。

璃子はこっそり、開いたドアから中を覗いてみる。

床には繊細な模様が美しいウィルトン織りの絨毯《じゅうたん》。赤褐色の腰壁は華やかで、透かし彫りのソファはどっしりとしていた。落ち着いた色合いの、ゴブラン織りの花柄カーテンも雰囲気がある。伊吹の執務室は、すっかり璃子を魅了した。

部屋の奥には机がふたつあるが、トコヤミの姿はない。一人残された伊吹が、窓際の机にうつ伏せていた。やはり、窓は開いている。

(伊吹様、寝てる?)

音を立てないよう細心の注意を払って、璃子は伊吹のそばまで行った。やはり室内は冷え切っている。

風にそよぐ前髪の下には、長いまつげと閉じた目。静かな寝息に、深い眠りの中だと分かる。

珍しく無警戒な伊吹に、璃子は頬を緩ませる。眠っているときは、幼子のように愛らしい顔をしている。いつまでも飽きずに見ていられそうだ。

机の上にそっと琥珀糖の瓶を置く璃子の手首には、勾玉のブレスレット。すぐさま窓を締め、衣紋掛《えもんか》けから羽織を取って、伊吹の背中に掛けた。

それから、机の端に肘をついて顔を乗せ、伊吹の寝顔をながめてほくそ笑む。いつも覗かれる側の人間としては、油断している伊吹を見られるまたとない機会だ。何とも言えない優越感に浸りながら、璃子は物思いに耽る。

ウツシヨの『たまゆら屋』では穂華が新社長に就任し、あらたな経営方針が打ち出されたと吉乃から聞いている。程よい稼働率を維持し、お客様の満足度を向上させるようだ。また、烏川は穂華の信頼を得て、統括本部へと誘われているらしい。

客足が戻り始めた、境目の『たまゆら屋』も忙しくなってきた。引退すると噂されていた大女将のユリは、未だ現役で宿を取り仕切っているが、「休むのも女将の仕事」と唐突に旅に出た。

ユリに宿の一切を任された璃子は、若女将から厨房までオールマイティに仕事をこなしている。そしてスタッフたちと一緒に、家族のような気持ちで、ビャクの出産を心待ちにしているところだ。

雲が出て、日が陰る。薄暗い部屋は、時が止まったかのように感じられた。

伊吹はぐっすりと眠ったままだ。

（癒やされるなぁ）

庇護欲だろうか。高慢だろうか。それでも璃子は、この時間を、尊い、と感じることを止められなかった。

神様が万能じゃなくてもかまわない。ならば助けになりたいと、璃子は思う。きっと、伊吹のためにできることはある。慈しみを与えてもらったぶん、少しずつでもお返ししたい。思いを込めた琥珀糖も、そのひとつになりますように。

この気持ちは、相手が神様だったとしても、そうでなくとも、関係ないことだ。

(わたしにできることをわたしのペースで)

大事な人が——、
寂しいときは語り合える友になりたい。

凍えそうなときは抱きしめてあげたい。

傷を負ったときは癒えるまでそばにいたい。

闇に迷ったときは光となって道を照らしたい。

そんな風にできたらいいと、璃子は思うのだ。

さほど難しいことではないはずだ。毎日、温かな料理をお膳に載せてお届けしよう。美味しい料理で大事な人を笑顔にしよう。

まだ時間はたっぷりある。途切れることなく希望は生まれていく。

まずは、目覚めた伊吹が琥珀糖を口にして、「美味い」と思わず零すのを、璃子は心待ちにするのだった。

前世譚 吹雪の邂逅《かいこう》

ごう、と寒風が吹き抜ける。半纏を羽織り、御高祖頭巾《おこそずきん》を被ったりんは、吹き付ける雪をものともせずひたすら進む。すでに高下駄は脱ぎ捨てた。凍てつく道を踏みしめる足裏は、じんじんと痺《しび》れている。

(もっと、もっと速く)

もうすぐ日が暮れてしまう。ただでさえ視界が悪い。とうてい逃げ切れるとは思えなかった。それでも。

(わたしは、誰のものでもない)

まだ夜明けまで時間はある。家人が気づいて追ってくるまでに、できるだけ遠くに逃げよう。

(あの橋を渡れば)

隅田川《すみだがわ》を挟んで向こう岸には母方の遠い親戚がいる。もしかしたら、どこかに逃してくれるかもしれない。りんは一縷《いちる》の望みにかけていた。

大店《おおだな》の娘として厳しく育てられてきたりんが、親の言いつけを破ったことなど、これまで一度たりともなかった。幼い頃から手習い、三味線、踊り、琴など山程の習い事に通い、武家奉公に出された先でもしっかり働いた。

すぐ下の弟が病で床に伏し、看病のために呼び戻されたところで、不満のひとつもない。可愛い弟のためなら、婚期が遅れたところでかまわない。りんは誠心誠意、弟に尽くした。しかし、救ってやることはできなかった。

一度は回復の兆しを見せたものの、結局はこの冬を越せずに、大事な弟は命を落とした。跡取りの次男が亡くなったことで、両親はたいそう悲しんだ。残念なことに長男には商才がなく、親族一同から後継者とすることを反対されていた。商家にとっては、血縁よりも家業の存続のほうが重要なのである。

そこで両親は、娘のりんに婿を取らせることにした。相手は、りんより一回り以上年上の、番頭の宗助《そうすけ》だ。

優秀な宗助が後継者になるのは順当だ。

他に心に決めた人がいるわけでもない。

そのように頭では分かっていても、心はついていかなかった。

(宗助が怖い……)

りんには、宗助がただの番頭だとは思えなかった。

――十八になったら喰らってやろう。

あの恐ろしい声が時折聞こえるようになったのは、いつからだっただろう。宗助が店に来たのと同じくらいではないだろうか。

物心ついた頃から、りんには妖しいものが見え、この世にない声が聞こえていた。しかしそれらは、決してりんに危害を及ぼすようなものではなかった。

冬の夜に「遊ぼう」とやってくる雪童子《ゆきわらし》は、春が近づくと姿を見せなくなる。悪い知らせとされる小玉鼠《こだまねずみ》は、姿をあらわすとすぐ弾けて消える。

それまで妖しいものは、りんにとって昔からずっとそこにあるもの、だった。

りんが妖しいものを心から恐怖したのは、宗助に憑《つ》いているものがはっきり見えたときだ。

宗助の背後には、いつも黒い影のようなものがゆらめいている。たまにそばによると、血なまぐさい匂いまでする。しかし、誰に訊いても同意は得られず、宗助の異様さは、りんだけが感じるものだと知った。

宗助に憑いた黒い影が何なのか、そのときはまだ分からなかった。だからりんは、宗助という〝人間〟を怖いと思っていた。

宗助は最初、他の使用人たちと同じように店の二階に住んでいた。ところが、いつしか両親が宗助を屋敷に住まわせるようになってしまった。

それから、宗助に怯えて暮らす日々が始まる。

ときどき目が合うと、宗助は口角を横に引き、奇妙な表情をした。

笑っているのかと思ったが、どうやらそうではない。なぜなら、りんを見る目は凍りつきそうなほど冷たい。

見定められている、というのが一番近い。

今か今かと、何かを待たれているような気がする。

特に夜が怖い。一人になるのが怖い。理由は分からない。

それらはすべて本能的なものだ。説明のしようがない。

両親に見つからないよう、りんは女中や弟の布団に潜り込む。そうすると、安心して朝まで眠れた。

やがて、宗助が屋敷を出て家を持ち、りんは奉公に出ることになった。それですっかり黒い影のことも忘れていたのだ。

しかし、りんが生家を離れてから、何かが狂い始めた。兄は色事にうつつを抜かすようになり、弟は徐々に弱っていった。終《しまい》には、弟は絶命し、りんと宗助の縁談が持ち上がってしまう。

「お母さん、お願いします。宗助とのことはなかったことにしてください。どうか、わたしのことはかまわずに、宗助を養子にして店を継いでもらってください」

りんは初めて親に意見をした。

「宗助が、りんを嫁にほしいと言っているの。それがうちを継ぐ条件だと。宗助以外に、うちを任せられる者はいないのよ」

母親は申し訳無さそうに言った。

それで一旦は、りんも仕方なく運命を受け入れようとしたのだ。

その日、屋敷の中庭に、そこにいるはずのない宗助と黒い影が見えた。驚いたりんは、その場に呆然と立ち尽くす。今はまだ、ただの番頭である宗助が、家人のような態度で奥座敷にまで立ち入ってくるなど許されないはずだった。

「お嬢さん、顔色がお悪いですよ」

宗助の背後で、ゆらゆらと黒い影が揺れている。

見間違いではない。宗助と影は、りんの目の前に存在した。祝言をあげたわけでもないのに、まるで家の主人であるかのように堂々としている。

「な、何をしているのですか?」

怯えながらりんは訊いた。

「番頭の私が、こんなところまで失礼しました。今日は、お嬢さんの顔を拝見しに伺ったのでございます」

どこか冷ややかな切れ長の目が、りんを捉える。

「わたしに何の用が？」

「用という用ではありませんが」

踏みしめられ、ざく、と庭に積もった雪が鳴る。

「こ、来ないで！」

りんが後退《あとずさ》ると、宗助は草履を脱いで板縁に上ってきた。

「大きな声を出すとこうなりますよ」

背中に鈍い痛みが走った。宗助に両肩を掴まれ、柱に押し付けられたのだ。ゾッとするほど冷たい目に、りんは竦み上がる。

「そう怖がらないでくださいよ。夫婦になるんですから」

にやり、と宗助は笑う。その背後で、黒い影が鬼の形となり、りんを喰らおうと口を開けている。恐ろしい声の主だ、とりんは気づいた。

「気分が……気分が悪いので、今日は帰って。お願いします」

りんは動揺を悟られまいと、冷静にそう言った。屋敷の中から足音が聞こえ、宗助はすっと下がる。

「お嬢さん、くれぐれも変な気は起こさないでください」

意味深な言葉を残し、宗助は屋敷を出ていった。

良くないことが起こる。しかし、誰も助けてはくれない。りんは襲い来る恐怖に、ただ震えるしかなかった。


もう足に感覚はない。なぜか、見えていたはずの橋がない。気づけばすでに辺りは薄暗く、どこに向かっているのかさえもはっきりしなくなった。しかし、立ち止まることはできない。

(逃げなければ、喰われる)

宗助のものになってはならない。この身をあの黒い影に支配されてはならない。りんは闇雲に進み続けた。

(どうか、お許しください)

心の中で育ててくれた両親に手を合わせる。

執着するりんがいなくなれば、宗助もまともになるのではないか。

しかし、逃げ切れるとはとうてい思えない。明日の朝にも見つかってしまうかもしれない。

鬼憑きに喰われるくらいなら、このまま命が尽きたほうがましだ。凍え死ぬことも覚悟し、暗闇も恐れずにりんは歩き続けた。

やがて積もる雪が夜に白く浮かび上がり、りんの行く道を仄かに照らす。

道の両脇には鬱蒼とした木々が見え、まるで山奥に迷い込んだかのようだった。幻聴なのか、獣の声まで届く。

（ここはどこ？）

とうとうりんは立ち止まる。ぐるりと周囲を見回し、町中ではないことだけは分かった。

再び前を見れば、冬の夜と雪の道があるだけだ。

すると雪の上に、ぽつりと赤い椿《つばき》が落ちているのが見えた。

りんは椿の花を拾い上げようと、そばまで行き腰をかがめた。

しかしそれは、椿ではなく、鮮血だったのだ。

「ひゃ……！」

よく見れば、雪の上には点々と血の跡がある。傷を負った誰かが、よろめきながら進んだのか、赤い点は右へ左へと曲線を描きながら続いていた。

何かに引き寄せられるように、りんは血の跡を追って行く。

血の跡は、大きな樹木の前で途切れた。木の幹にはぐったりとした女が寄りかかっている。頭や肩には雪がたっぷりと降り積もっていた。女の周りだけが、淡く光っているのはどうしてだろう。しかし、そんなことを悠長に考えている暇はない。

「どうなされました！」

りんは急いで女の下へ行き、雪を払い、体を抱き上げようと腕を回した。すでに体は冷え切っているが、息はあるようだ。

「……誰だ」

低く轟《とどろ》くその声に、りんは驚く。

その者は、女ではなく瀕死《ひんし》の男だったのだ。

かむろの髪型に惑わされたものの、着物や体つきは間違いなく男だ。ただし、女形《おやま》のように美しい容姿をしている。まるで夢を見ているかのようだった。

「しっかりしてください！」

自らも死を意識していたというのに、どうにかこの男を助けたいと必死に体をさすった。

しかし、どんどん体は冷えていく。また、りんの体も凍えて震えていた。

「そなたは私が見えるのか……」

「見えますとも。ああ、ひどい」

男の腕から滴る血を見て、りんの瞳に涙が浮かぶ。

「声も聞こえておるようだ」

「もちろんです。誰が……誰がこんなひどいことを」

「そなたも気を付けよ。あれはまだ私を捜して、辺りを彷徨《さまよ》うているからな。あれは……

神殺しの鬼だ」

　言葉の意味はよく分からずとも、恐ろしさだけは伝わった。りんは咄嗟に、宗助に憑く黒い影と血の匂いを思い浮かべる。

（まさか、関係あるはずがない）

　鬼がそばにいるのなら、なおのこと男を一人にはできないとりんは思う。男の頭を胸に抱き込み、少しでも寒さをしのいでやろうとした。

　そのときはまだ、宗助が神殺しの鬼であることなど知りもしない。りんがいよいよ宗助に追い詰められるのは、随分先の話になる。

「わたしにできることはこのくらいしかありません。あなたの命を助けたいけれど、抱えていくこともできない。他の誰かが通りかかるまでこうしていますので、あきらめないでください」

　どうせ捨て身だったのだ。自分の命はいとわない、男の命だけは救ってほしいと、りんは神に祈る。

「ほお……そなたは……私に生きて欲しいと……願うのか」

　息絶え絶えに男は言った。

「どうか、生きてください。どうか、死なないで」

　弟を救ってやれなかった悔しさが蘇る。小さい頃は、「姉さん、姉さん」と、後ろをついて離れなかった可愛い弟だ。病にさえならなければ、きっと立派な大店の主人となっただろう。

思慮深く賢い、自慢の弟だった。あの子のところへ行けるのなら、自分の命は惜しくない。代わりに、この男を生き長らえさせてほしい。

見ず知らずの男のためにどうしてそこまで思えるのか、りんもよく分からなかった。

絶望の淵にいて、最後に見た、夢の如く美しいものだったからかもしれない。

「その願い……叶えよう……ただし……そなたも……命を……粗末にしては……ならぬ」

男の言葉に、りんは思い出す。弟のぶんも生きよう、今際の際に両親のことを案じていた弟のぶんも親孝行しよう、そう思ったはずだと。

しかし、もう遅いかもしれない。涙もため息も凍りつく。どんどん夜が深くなる。

意識が混濁する中で、「神様……」とりんはつぶやいた。


壮絶な夜から数日が過ぎた。

りんは神社の境内にある小屋で、見ず知らずの男と暮らしている。正しくは、傷を負った寝たきりの男を看病していると言ったほうがいい。

不思議なことに、吹雪の中で気を失い、目を覚ますと、小屋の布団に寝かされていたのである。運良く通りかかった誰かに助けてもらったのだろうが、まったく記憶がない。

一緒に暮らす男の名は伊吹と言い、神社とは何かしら縁があるようだ。

傍目には元気そうに見える伊吹だが、いつも不機嫌そうな顔をして、「斬られた腕が痛む」と言い、なかなか布団から出ようとはしなかった。

「願いを叶えてやったのだから、賽銭が必要だ。銭を持たぬというのなら、働くように」

「また、おかしなことを」

伊吹の戯言に、りんは苦笑する。

「ともかく、腹が減った」

「はい、分かりました」

変わった人だと思いながら、行くところがないりんは、仕方なく伊吹の世話をしている。

そして、ここでの暮らしはそう悪くはなかった。

埃っぽかった小屋は、掃除をしてそれなりになった。二人で暮らすには少し狭いかもしれないが、おそらくしばらくの我慢である。

竈《かまど》、行灯、たらいに洗濯板。必要なものは何かしら揃っていた。

小屋を一歩出れば、毎朝お供えもののように、野菜や米や魚が置いてある。食べるものには困らないどころか、ご近所に配れるほどだ。

しかし、伊吹にきつく言われ、神社の境内からは一歩たりとも出られなかった。おかげで、誰にも見つからずに過ごせてはいるのだが。

（ここは江戸なのかしら？）

神社がどこにあるのか、家からどのくらい離れているのか、りんにはさっぱり見当がつかなかった。

宗助や家の者たちはきっと、血眼になってりんを捜しているだろう。そのうち、神隠しにあったとあきらめてくれればいい。

静かで穏やかな日々は、江戸の喧騒や辛い記憶をりんから遠ざける。

「お食事ができました」

箱膳には、沢庵と白米と味噌汁。それから目刺しを付けた。

「美味い」

伊吹は何を出しても「美味い」と言う。食事中は私語を慎むのが作法だと習ったりんは、たった一言だとしても、伊吹が言葉を発することが意外だった。ただし所作は美しく、背筋を伸ばし、音を立てず、箸遣いも上品だ。

食事を終えたあとの、ホッとしたような、満足したような、僅かに讃える笑みもいい。

いつしかりんは、伊吹の「美味い」を待つようになった。満たされた表情に、幸せを感じるようになった。

「おりんの作る飯は美味い」

「何度も、どうしたんですか？」

「褒めると目刺しが付くのでな」

「目刺しがそれほどお気に召しましたか」

りんは思わず微笑む。

誰かの笑顔を願って作る料理は、心を豊かにしてくれるようだ。

立派な屋敷に暮らすことや、華やかな着物を纏うことよりも、りんは幸福を感じられた。

気の利いたものは作れない。料理の腕はまだまだだ。だからこそ、伊吹の「美味い」は優しさなのだと分かる。その一言が、いつしか寒さに凍りついたりんの心を溶かしてくれていた。

(いつまでも、こうしてのんびり暮らせたらいいのに)

りんはそこで、ハッとする。

いくらなんでもあつかましい。伊吹の傷が癒えれば、ここにいる理由もない。

「ところで傷はどうですか？」

「まだ痛むな。もうしばらく世話を頼む」

大げさに「イタタ」と言って、伊吹は横たわった。わざとらしい、とりんは呆れる。そして、もしや、と思う。

(わたしが、ここにいられるように？)

確かなものは何もない。だからこそりんは、自分を信じることにした。

巾着から銭を取り出し、伊吹の枕元に置く。「私は神だ」、などという世迷い言を本気にはしていないが、お賽銭のつもりだった。

日差しは日に日に強まり、雪を溶かす。顔を出した土の匂いが、春の息吹を予感させる。あきらめかけた幸せが、咲き誇る日を夢に描いた。

「良かったら、これからもずっとここに置いてください」

りんは、神様に祈った。

あとがき

この度は、シリーズ二作目となる『神様のお膳』を〝おかわり〟していただき、ありがとうございました。

試行錯誤したアレンジ江戸ごはんの新レシピ、どれかひとつでも気になるものがあれば幸いです。

皆様の、忘れられない景色は、どんな色をしているのでしょう。

まだ、色鮮やかですか？

それとも、少し色褪せてしまいましたか？

私の忘れられない景色は、縁側の窓越しに見た、枯山水風の小さな庭の、真っ白な雪景色です。すでに思い出の中にしかない景色で、今となっては私の原風景なのかもしれません。

景色の中には、縁側で笑う亡き父の姿があります。

何気ない冬の景色は、遠くなるほどにどんどん美しくなっていくようです。たとえ今が、沈んだ色をしていたとしても、いつかきっと綺麗な景色を見せてくれると、信じられそうな気がします。

本作で、主人公の璃子は、二度と帰らない過去を抱きしめて、希望に向かっていくことの大切さを知りました。成長した璃子がこの先、美味しい料理やおもてなしの心で、どんな希望や未来を手にしていくのか、楽しみでなりません。

また、本作が、皆様の心に眠る美しい景色を、思い浮かべるきっかけとなれましたら、とても嬉しく思います。

今作でも、ことのは文庫編集部の尾中様には何から何までお世話になりました。WEBの海に漂っていた私の作品をここまで育てていただき、本当にありがとうございます。

最後に、前作から引き続き素晴らしいイラストで作品世界に彩りをくださったpon－marsh先生、本作刊行にご尽力くださった関係者の皆様、私の作品に出会ってくださった読者様へ、心よりお礼申し上げます。私が、この世界の隅っこで物語を書き続けていられるのは、応援してくださる皆様のおかげです。またお会いできると信じて——。

これからも皆様の人生が笑顔であふれますよう、お祈りいたします。

令和五年九月　タカナシ

ことのは文庫

神様《かみさま》のお膳《ぜん》
毎日《まいにち》食《た》べたい江戸《えど》ごはん　おかわり

2023年9月25日　初版発行

著者　タカナシ
発行人　子安喜美子
編集　尾中麻由果
印刷所　株式会社広済堂ネクスト
発行　株式会社マイクロマガジン社
URL：https://micromagazine.co.jp/
〒104-0041
東京都中央区新富1-3-7 ヨドコウビル
TEL.03-3206-1641 FAX.03-3551-1208（販売部）
TEL.03-3551-9563 FAX.03-3551-9565（編集部）

本書は、小説投稿サイト「エブリスタ」（https://estar.jp/）に掲載されていた作品をシリーズ化し、新たに書き下ろしたものです。
定価はカバーに印刷されています。

ISBN978-4-86716-468-6　C0193
乱丁、落丁本はお取り替えいたします。